LES
PRINCESSES
DE FRANCE,

MODÈLES DE VERTU ET DE PIÉTÉ.

Nouvelle BIBLIOTHÈQUE CATHOLIQUE.

LILLE.

L. LEFORT, LIBRAIRE, IMPRIMEUR DU ROI,
RUE ESQUERMOISE, N.º 55.

A PARIS, CHEZ AD. LECLERE ET C.ie,
...-LIBRAIRE, QUAI DES AUGUSTINS, n.º 35.

L

LES
PRINCESSES
DE
FRANCE,

MODÈLES DE VERTUS ET DE PIÉTÉ,

PAR H. PRÉVAULT.

DEUXIÈME PARTIE.

Lille.

L. LEFORT, LIBRAIRE, IMPRIMEUR DU ROI,
RUE ESQUERMOISE, N.º 55.
1829.

LES
PRINCESSES
DE
FRANCE.

MARIE LECKZINSKA,

REINE DE FRANCE.

Morte le 17 Juin 1768.

MARIE-LECKZINSKA, fille de Stanislas I, roi de Pologne, naquit le 23 juin 1703, vers l'époque où son père fut couronné après la déposition d'Auguste, pendant les troubles qui agitèrent ce malheureux pays.

Jusqu'à l'âge de douze ans, elle ne vécut que dans les périls et les alarmes. Proscrite, presqu'aussitôt sa naissance, par le parti ennemi de Stanislas, puis ramenée dans le palais de son père, lorsque les succès de Charles XII, roi de Suède, et son fidèle allié, eurent délivré la Pologne de l'in-

fluence moscovite; enfin, chassée de nouveau, après la défaite de Pultawa, elle se
vit réduite à errer de ville en ville avec ses
augustes parens, sans pouvoir trouver d'a-
sile sûr contre la haine de leurs ennemis.
Ce ne fut que dans l'année 1720, qu'ils
réussirent à se fixer dans la petite ville
de Deux-Ponts, près des frontières de
France.

Dans cette paisible retraite, Stanislas,
prince plus distingué encore par ses vertus
et ses talens que par le haut rang où il
avoit été momentanément placé, s'adonna
tout entier à l'éducation de sa fille. Depuis
plusieurs années, il avoit mis près d'elle,
en qualité de gouvernante, une femme
d'un vrai mérite et sur-tout d'une fervente
piété. Cette vertueuse institutrice, nommée
Mockzinska, persuadée que le langage de
la religion, peut être mis à la portée de
l'âge le plus tendre, avoit dirigé vers le
Créateur de toutes choses les pensées de
son élève. A mesure que la raison de la
jeune princesse se développoit; la sage
gouvernante lui offroit les magnifiques
images de la grandeur de Dieu, appeloit

son cœur à la reconnoissance et lui enseignoit les moyens de la manifester.

Ce plan d'éducation si bien conçu étoit l'ouvrage de Stanislas ; mais il faut en convenir, jamais père ne fut mieux secondé dans l'exécution de ses desseins. La jeune Marie répondoit d'ailleurs si parfaitement aux soins de l'un et de l'autre, qu'à l'âge de huit ans elle faisoit les délices de sa famille et l'édification de tous ceux qui l'approchoient.

Mais parmi tant d'importans services que Mocksinska rendoit à son élève, il ne faut pas omettre le goût et l'habitude du travail, qui préserve ordinairement les cœurs de la corruption, suite de l'oisiveté et de la violence des passions. Sa journée étoit partagée entre les exercices de la piété chrétienne, l'étude des langues et les ouvrages de main. Elle trouvoit encore dans ses heures de récréation, le temps de s'occuper de dessin, de peinture et de musique, mais en ne choisissant pour modèles que des sujets religieux, et en ne consacrant sa voix qu'à chanter les grandeurs de Dieu et le bonheur de la vertu.

Entourée de guides si sages, la jeune

9 *

princesse répondoit à leurs soins au-delà de toutes les espérances, et quoiqu'elle vécût, ainsi que ses augustes parens, dans une profonde retraite, le secret de son mérite ne put demeurer tellement ignoré, que plusieurs princes souverains d'Allemagne ne la fissent demander en mariage. Toute autre qu'elle eût considéré comme un bonheur de pouvoir sortir ainsi d'une situation précaire et presque misérable; mais la jeune Marie supplia ses parens de ne pas l'obliger à une séparation trop pénible, préférant, disoit-elle, partager toutes leurs disgraces que de goûter loin d'eux un bonheur dont ils ne jouiroient pas. Marie leur étoit trop chère pour qu'ils voulussent la contraindre; elle continua donc à se livrer à ses occupations habituelles et sur-tout à la charité que, malgré sa pauvreté personnelle, elle trouvoit encore moyen de pratiquer.

Un jour de fête, qu'elle se promenoit seule dans le jardin de la maison occupée par sa famille, et qu'elle étoit entièrement livrée à ses réflexions sur le bonheur qu'elle avoit eu, le matin même, de recevoir la divine Eucharistie, une voix plaintive se fit

entendre près d'elle, et elle aperçut à travers la palissade du jardin, le visage pâle et
décharné d'une femme couverte de haillons.
Touchée de l'état de cette infortunée qui
imploroit sa pitié, elle lui donne aussitôt
une pièce d'or, la seule qui lui restât.
« Ah! ma bonne princesse, s'écrie la pauvre
» femme, avec un transport de joie dont
» elle n'est pas maîtresse, Dieu vous bé-
» nira ; oui, vous serez reine de France. »
Rien n'étoit alors moins probable que l'accomplissement d'une semblable prédiction,
car Louis XV, qui régnoit en France, étoit
fiancé à une infante d'Espagne, que l'on
avoit même fait élever à Paris, pour la former aux usages de ce pays. D'un autre côté,
les malheurs du sage et vertueux Stanislas
sembloient devoir bientôt être à leur comble,
par la mort du régent qui avoit été son seul
protecteur. Mais au moment où il se croyoit
sans ressource sur la terre, le Seigneur
récompensa son courage et sa résignation en
permettant que la cour de France renvoyât
l'infante dans sa patrie, et fît demander en
mariage la fille du roi détrôné. Stanislas,
en recevant cette demande inattendue,
versa des larmes de joie et s'écria en levant

les mains au Ciel : « Béni soit le Seigneur,
» qui se souvient de nous ; ceci est son
» ouvrage, et lui-même l'achèvera. »

Le cardinal de Rohan, qui avoit été
chargé de cette négociation, fut ensuite
présenté à la princesse. « Je suis pénétrée
» de reconnoissance, lui dit-elle, de l'hon-
» neur que me fait le roi de France ; mais
» voici le roi et la reine : ma volonté est
» entre leurs mains. »

La joie n'étoit pas le sentiment qui l'agi-
toit alors, mais bien la crainte de n'être
pas digne d'une si haute fortune, et de
succomber au milieu des écueils dont sa vie
alloit être environnée. Pour attirer sur elle
les grâces du Ciel, cette aimable princesse
obtint d'aller attendre dans un couvent, et
au milieu des exercices de la religion, le
jour fixé pour la cérémonie de son mariage.

Ce fut le jeune duc d'Orléans qui l'épousa
par procuration, le 14 août 1725 ; et, bientôt après, elle se sépara de sa famille, non
sans verser bien des larmes, dont l'idée d'une
brillante couronne ne pouvoit adoucir l'a-
mertume.

Tout le peuple des provinces qu'elle tra-
versa pour se rendre à Paris, se pressoit à

l'envi sur ses pas, et disputoit de zèle pour offrir mille témoignages de respect et d'affection à une reine qui s'annonçoit sous de si favorables auspices. Jamais princesse destinée à monter sur le trône de France n'avoit été accueillie dans le royaume par des marques de joie si éclatantes et si universelles.

Cependant la jeune reine ne se laissoit pas éblouir par les éloges anticipés qui lui étoient adressés de toutes parts. « Chacun fait » de son mieux pour me diviniser, écrivoit-elle au roi son père, le second jour de » son voyage; hier, j'étois la merveille du » monde, aujourd'hui je suis l'astre aux » bénignes influences; et sans doute que » demain je serai placée au-dessus des immortels. Pour faire cesser le prestige, je » mets la main sur ma tête, et aussitôt je » retrouve, mon cher papa, celle que » vous aimez, et qui vous aime aussi bien » tendrement. »

Après son arrivée à Paris, et les solennités de son mariage et de son couronnement, elle ne songea plus qu'à remplir avec une admirable exactitude les devoirs attachés à son rangs, et à se concilier l'affection du roi son époux. Mais craignant de manquer des lumières nécessaires pour la direction de sa conduite, elle s'adressa à son auguste père. « Soyez mon ange con- » ducteur, lui dit-elle dans une de ses » lettres; dites-moi toutes mes vérités, » je suis bien assurée qu'en vous suivant, » je ne m'égarerai pas, ce que je pourrois » faire en ne consultant que ma pauvre pe- » tite tête. »

Stanislas, heureux et fier de cette preuve de confiance, traça pour sa fille un plan de conduite qui lui fut bien utile au mo- ment où son inexpérience alloit se trouver aux prises avec toutes les passions hu- maines. « Soyez telle, dit-il en terminant, » que vous avez été dès vos plus jeunes » ans. Attachez-vous à l'essence de la re- » ligion. Elle doit être jointe à la piété, sans » quoi elle ne seroit qu'un fantôme; la piété » doit être jointe à la morale, sans quoi elle » ne seroit que superstition; et la morale ne » doit point être séparée du culte, sans » quoi elle ne différeroit point de cette phi- » losophie de nos jours qui ne connoît les ver- » tus et les devoirs que pour s'en affranchir. »

Marie étoit digne de recevoir de semblables conseils, et elle sut les mettre en pratique. Sa vie privée fut telle que l'on eut beau suivre ses actions, épier ses démarches, approfondir ses motifs, on ne découvrit jamais en elle ni caprices, ni bizarreries, ni ridicules, aucune passion, ni même aucun foible essentiel à excuser.

Une reine de ce caractère n'avoit eu besoin que de se montrer aux Français pour gagner leur affection : elle prévenoit en sa faveur par une physionomie ouverte et gracieuse ; la douceur et la bonté étoit empreintes sur son front : son regard, son sourire, son salut, tout son maintien formoit ce je ne sais quoi qui parle au cœur, et en obtient plus d'affection encore que de respect : et cet extérieur si aimable n'étoit point l'effet d'une combinaison affectée, car elle avoit pour le peuple en général les sentimens d'une mère pour ses enfans ; et si elle montroit de la prédilection pour quelqu'un, c'étoit toujours les petits et les foibles qui en étoient l'objet. Nous n'en citerons que quelques traits entre mille.

Un jour qu'elle traversoit les appartemens de Versailles avec son cortège ordinaire, une paysanne endimanchée l'aborde sans

façon, et lui dit : « Çà, ma bonne reine,
» je viens de bien loin, entendez-vous,
» tout exprès pour vous voir, je vous en
» prie, que j'aie cette consolation un peu
» à mon aise.—Bien volontiers, ma bonne, »
lui dit la reine en s'arrêtant ; et aussitôt elle
s'informe de son pays, lui demande des
nouvelles de son petit ménage ; répond à
son tour aux questions de la paysanne, et
lui dit enfin avec la plus touchante bonté :
» Eh bien ! m'avez-vous vue à votre aise ?
» puis-je m'en aller et vous laisser contente? »
La villageoïse se retira, en versant des larmes de joie.

Un autre jour, étant de grand matin à sa
fenêtre, au château de Marly, elle voit
passer une sœur de l'institut si précieux de
Saint-Vincent-de-Paul, l'appelle, et, sans
être connue, la questionne, apprend qu'elle
appartient à l'hôpital de Triel, et que cet
hôpital éprouve des besoins. « Je parlerai
» pour vous au ministre, lui dit-elle, et
» comptez bien, ma sœur, que je n'ou-
» blierai pas l'hôpital de Triel. » La bonne
religieuse la remercie et se retire, puis re-
venant sur ses pas, s'informe du nom de
celle à qui elle aura cette obligation. La

princesse lui répond en souriant d'un air plein de bonté; « n'en dites rien; c'est la » reine. »

On eût dit que cette pieuse princesse n'estimoit de la grandeur que le privilège qu'elle lui donnoit de mieux faire sentir à la multitude que rien n'est grand que Dieu. Dans les églises et parmi les cérémonies religieuses, son recueillement et sa profonde piété sembloient dire aux fidèles : « Oubliez la reine pour ne vous occuper » que de la présence du Dieu qu'elle adore. » Un jour qu'elle se trouvoit à Sèvres, chez la princesse d'Armagnac, elle s'aperçoit qu'on porte le saint viatique à un malade; elle sort à l'instant, suivie de sa cour, se fait jour à travers une multitude de villageois attroupés pour la voir, accompagne le Saint-Sacrement jusque dans la cabane d'un pauvre paysan; et, après avoir assisté à la cérémonie de l'administration du malade, elle approche de son lit, l'exhorte à la résignation, et ne quitte cet asile de douleur qu'après avoir laissé une aumône considérable à la femme du moribond.

Une compassion si tendre pour les malheureux devoit naturellement s'allier à une charité générale pour le prochain, aussi étoit-elle, à cet égard, d'une attention qui alloit jusqu'au scrupule. Souvent on l'entendoit demander en sortant d'une conversation : « N'avons-nous dit de mal de personne ? »

Sa rigueur pour elle-même étoit égale à son indulgence pour les autres. Un jour que la duchesse de Luynes avoit cru devoir l'informer que des personnes de la cour blâmoient une de ses démarches, elle se contenta d'abord de lui répondre : « Dieu » connoît mes motifs, et c'est lui qui nous » jugera. » Le lendemain la reine alla trouver cette dame et lui dit : « Je ne vous ai » pas remercié hier du bon avis que vous » m'avez donné, je vous en sais pourtant » bien bon gré ; ne me laissez pas, je vous » prie, ignorer aucun des reproches qu'on » pourroit me faire, car il ne suffit pas » que nos intentions soient droites, il faut » encore, autant qu'il est en nous, faire » en sorte qu'elles le paroissent. » La duchesse sembloit vouloir s'excuser. « Oh ! » regardez donc cette glace, lui dit la » reine en riant, et voyez comme vous êtes

» contrefaite quand vous voulez vous re-
» pentir du bien que vous m'avez fait. »

Instruite par son père des dangers de la
politique, elle ne se mêloit en aucune façon
des affaires de l'état et ne faisoit usage de
son crédit près du roi que pour servir les
malheureux. Elle n'avoit pu empêcher l'exil
du vénérable archevêque de Paris, M. de
Beaumont, sacrifié à son attachement pour
les vrais principes; mais apprenant qu'il
étoit malade à l'abbaye de la Trappe, elle
en parla au roi qui parut affligé. Eh! quoi!
» monsieur, lui dit - elle, vous plaignez
» Athanase; vous êtes le maître, et pour-
» tant il mourra dans son exil! Non,
» lui répondit Louis XV, il n'y mourra
» pas. » Et aussitôt il donna les ordres
nécessaires pour le rappel de l'archevêque.

Un des abus qui scandalisoit le plus la
vertueuse princesse, entre ceux qui chaque
jour concouroient à la ruine de la religion,
c'étoit la violation des dimanches et des
fêtes consacrées par l'église, toutes les fois
qu'il étoit question de travaux publics ou
de ce qu'on nommoit travaux du roi. Elle
pensoit avec raison qu'il étoit hors de toute

justice et de toute convenance que le gouvernement se permit ce que la religion dé-
fend et ce qu'il défendoit lui-même au
peuple. Le roi, à sa sollicitation, avoit
plusieurs fois donné des ordres pour faire
cesser ce scandale ; mais l'intérêt particulier trouvoit presque toujours moyen de les
éluder. Un dimainche, que la reine étoit à
Fontainebleau, elle apprend que des ouvriers travaillent publiquement à la cons-
truction d'une salle de spectacle. Elle obtient du roi un ordre pour faire cesser sur-
le-champ les travaux, et l'ordre est aussitôt
signifié par un gentilhomme de la chambre ;
mais quelle est sa surprise, lorsque, deux
heures après, on vient lui dire que les ouvriers travaillent encore. La reine fait appeler
alors l'entrepreneur des travaux, qui s'excuse
en disant que ; depuis l'ordre du roi, les
ouvriers ont travaillé plus secrètement,
mais qu'il ne lui est pas possible de les ren-
voyer tout-à-fait, parce qu'il s'agit d'un
ouvrage public qu'il s'est engagé à terminer
pour une époque fixe, comptant sur le
travail des dimanches, et que sans cette fa-
culté, il ne pourroit remplir ses engagemens
et perdroit telle somme convenue. « Tenez,

» lui dit la reine, la voilà, cette somme;
» allez donc fermer votre atelier et gardez-
» vous bien à l'avenir de contracter des
» engagemens que vous ne puissiez rem-
» plir qu'en enfreignant la loi de Dieu et les
» ordres du roi. »

Après la gloire de Dieu, ce qui touchoit
le plus son cœur, c'étoit le bonheur des
peuples. Les exemples du roi, son père, à
qui Louis XV avoit cédé la Lorraine con-
quise par ses armes, et qu'il gouvernoit
en père plutôt qu'en souverain, ces exemples de la plus auguste bienfaisance par-
loient sans cesse au cœur de la reine. Elle
disoit quelquefois qu'elle eût voulu pouvoir
reproduire en France tous les monumens
de charité dont Stanislas couvroit la Lorraine. N'ayant pas autant de pouvoir que
de bonne volonté, elle employoit du moins
toutes ses ressources et celles de ses amis,
en se privant elle-même de tout ce que
les bienséances de son rang n'exigeoient pas
impérieusement.

On vit souvent cette charitable princesse calculer jusqu'au prix d'une robe, et
refuser de l'acheter en disant : « C'est trop

» cher, j'ai assez de robes, et nos pauvres
» manquent de chemises. »

Après la mort du roi Stanislas on la pressoit, comme unique héritière de ce prince,
de réclamer au moins une pension sur la
Lorraine. « Je veux bien croire, répondit-
» elle, qu'on ne me la refuseroit pas si je la
» demandois; mais il y a apparence qu'on
» la feroit payer aux pauvres Lorrains, et
» je n'en veux point à ce prix. »

La confiance qu'inspiroit sa charité étoit
si universelle que, du fond des provinces,
on accouroit pour l'implorer. Une pauvre
femme accablée d'années, sans bien, sans
secours, à la veille de la saison rigoureuse,
se voyoit menacée de périr de misère dans
son pays. Elle prend la route de Versailles,
s'avance à petites journées, arrive et par-
vient jusqu'à l'appartement de la reine. Cette
excellente princesse la reçoit avec bonté,
et la trouvant extrêmement fatiguée d'une
longue route, lui fait servir un verre de vin.
En même temps elle la fait asseoir dans son
fauteuil, s'assied près d'elle sur un tabou-
ret, et écoute avec intérêt le récit de son
voyage et le tableau de sa misère. La pauvre
vieille étoit si touchée de tant de bonté

qu'elle ne songeoit déjà plus à ses malheurs,
Pour achever de les lui faire oublier entièrement, la reine se chargea de son sort
et pourvut à ses besoins pour le reste de
ses jours.

Elle avoit choisi pour principal ministre
de sa charité, pendant le séjour de la cour
à Fontainebleau, une bonne fille de cette
ville qui avoit trouvé accès auprès d'elle
par la seule réputation de sa vertu. Le cos-
tume antique et les vêtemens grossiers de
cette confidente de nouvelle espèce contras-
toient singulièrement avec le luxe de la
cour ; mais la reine n'en étoit nullement
choquée. «Je vous aime comme vous êtes,
» ma brillante, lui dit-elle un jour ; croyez-
» moi, riez vous-même de ceux qui rient
» de vos habits, je trouve qu'ils vous vont
» à merveille. » Le nom de *Brillante* lui
resta et on ne lui en donna pas d'autres
à Fontainebleau. Elle alloit chaque jour visiter les pauvres et rendoit ensuite à la
reine un compte exact de sa mission. Quand
elle avoit fini son rapport, elle se résumoit
ordinairement ainsi. « Or çà, madame, il
» faut donc que vous me donniez tant pour
» cette pauvre famille, tant pour ce malade,

» et puis tant encore pour cet autre , ce
» qui fait tant. » Et la reine s'empressoit de
donner, n'oubliant jamais de marquer son
affection à celle qui lui offroit de si précieuses
occasions d'exercer sa bienfaisance.

Mais tant de belles qualités qui faisoient
chérir la reine d'une extrémité du royaume
à l'autre, n'étoient pas les seules que l'on
dût admirer en elle. A côté de la bonne reine
et de la mère du peuple, on voyoit une
mère de famille digne de tous les respects.
Elle n'avoit apporté à la cour d'autre am-
bition que celle de mériter l'estime et l'affection de son époux. Elle y réussit sans
peine : il lui suffit de se montrer telle
qu'elle étoit. Dieu bénit cette union auguste
en accordant aux vœux du prince et de la
France une nombreuse famille , digne par
ses vertus de perpétuer la race de nos
rois. Deux princes et huit princesses furent
les fruits de ce mariage.

Elle voulut suivre par elle-même l'éducation des deux princesses ses aînées et
celle du dauphin ; de ce dauphin si grand
comme simple sujet du roi, si parfait comme
chrétien, et si digne des éternels regrets des
Français dont il eût fait le bonheur. Elle

ne manquoit pas de punir leurs plus légères fautes et de s'informer exactement de la manière dont ils remplissoient les devoirs que leur donnoient les maîtres chargés de les instruire.

Rien n'étoit plus touchant que de voir cette bonne mère au milieu de sa famille rassemblée tous les soirs autour d'elle : il y avoit tant de naturel dans l'expression de sa tendresse, elle donnoit des conseils si sages et avec un ton si affectueux, parloit de Dieu et de la religion avec tant de grâce et d'onction, qu'on eût désiré l'entendre sans cesse.

Quelle douceur ne devoit-elle pas éprouver en voyant cette royale famille s'élever et croître chaque jour en piété comme en vertus. Aussi ne cessoit-elle d'en remercier le Ciel et d'implorer la continuation des grâces qu'il daignoit répandre sur ses enfans.

Entre autres moyens qu'employoit la reine pour sa propre sanctification, il en étoit un qu'elle affectionnoit particulièrement : c'étoit la méditation des principaux mystères de la vie du Sauveur et sur-tout de sa naissance et de sa passion. Tout le temps de l'Avent étoit par elle consacré au recueille-

ment et à la pénitence ; mais la veille de
Noël sa retraite étoit plus austère. Elle
passoit à l'église ou dans son oratoire tous
les momens dont elle pouvoit disposer dans
la journée ; et la nuit, avant qu'on com-
mençât l'office divin, elle se rendoit à la
chapelle du château où elle restoit plusieurs
heures en adoration au pied des autels,
sans que la rigueur de la saison, ni les
craintes que l'on manifestât pour sa santé,
pussent la détourner de cette pieuse pratique.

Il lui arrivoit souvent, en priant devant
son crucifix, de s'attendrir jusqu'aux larmes.
« C'est moi qui ai péché, disoit-elle, et
» c'est mon Dieu qui souffre ! je le vois
» sur la croix, et je suis sur un trône ! je
» porte un diadême, et il a sur la tête une
» couronne d'épines ! »

Une vie si conforme que la sienne à l'esprit de l'évangile étoit sans doute une disposition habituelle à la participation aux
saints mystères ; mais la reine ne s'appro-
choit cependant jamais de la sainte table,
sans s'y être préparée plus particulièrement
pendant trois jours; et celui de sa communion, entièrement occupée de l'importance

de cette action, elle sembloit avoir oublié la terre. Pour prolonger les délices de cette belle journée, elle avançoit l'heure ordinaire de son lever. Ses exercices de dévotion commençoient immédiatement et ne finissoient que le soir. Elle les reprenoit ensuite le lendemain et les deux jours suivans, pour que son action de grâces durât autant que sa préparation.

Le temps des preuves arriva pour cette pieuse princesse. Le dauphin, en qui reposoit tant d'espérances et qui sembloit destiné à rétablir en France la religion dans tous ses droits, se vit attaqué d'une maladie grave. La reine en conçut dès le premier abord les craintes les plus vives, et son fils, qui s'en aperçut, lui dit avec une fermeté toute chrétienne : « Hé quoi ! maman, vous » ne doutez pas que le royaume des cieux » ne vaille mieux que tous ceux d'ici-bas, » et pourtant je vous vois toujours dans « la tristesse et les larmes, depuis qu'il » y a apparence que je quitterai bientôt la » terre. — Hélas ! mon fils, lui dit la reine, » je ne sais si je pleure de douleur de votre » état, ou de joie de votre résignation à le » soutenir. — A la bonne heure, reprit le

» malade, que ce soit donc de joie ; car
» c'en est une véritable pour moi de ne
» point vieillir en ce monde. »

Quelques jours après, en voyant le courage héroïque que manifestoit le dauphin,
au milieu de ses douleurs et l'effusion de
ses sentimens, pendant qu'on lui administroit le saint viatique, cette mère affligée
s'écrioit, fondant en larmes : « Qu'il est
» heureux ! il meurt comme un saint ! mais
» nous, que nous sommes à plaindre ! »
Il mourut en effet d'une mort de prédes-
tiné ; et si quelque consolation eût pu
égaler pour une mère la grandeur d'une
semblable perte, c'eût été la douleur universelle dont la France fut saisie en apprenant la mort de son dauphin.

Mais ce n'étoit plus de ce monde que la
reine attendoit des consolations, et les
soins mêmes des princesses ses filles, ainsi
que ceux de la vertueuse dauphine, qui la
chérissoit comme sa mère, ne purent di-
minuer la violence de ses regrets dont pourtant rien ne transpiroit au-dehors. Deux
mois après ce funeste événement, elle
tomba dans une maladie de langueur qui la
consuma peu à peu, et ne termina enfin ses

jours qu'après l'avoir fait souffrir pendant
un espace de deux ans. Dans ce long intervalle, elle ne laissa jamais échapper aucune
plainte ; et à l'exception de la gaieté, que
la mort de son fils avoit pour jamais bannie
de son cœur, elle conserva tous ces dehors
aimables et cette égalité d'humeur qui or-
nent la vertu et la rendent plus chère. Toujours bonne, toujours sensible aux maux
des autres, les siens paroissoient à peine
occuper sa pensée. Quelqu'un lui parlant un
jour des grandes douleurs qu'elle ressentoit:
« Je souffre, répondit-elle, mais ce n'est
» pas autant que sur le calvaire. » Dans une
autre occasion, voyant ses médecins plus
inquiets sur son état, elle leur dit avec son
affabilité ordinaire : « Ne vous mettez pas tant
» en peine, pour trouver le remède à mon
» mal ; vous me guérirez, si vous pouvez
» me rendre mon fils. Ne nous flattons pas,
» disoit-elle souvent, Dieu m'a appelée,
» mon heure approche, et je n'irai pas
» loin. »

La reine étant dans cet état désespéré, se
traça elle-même un plan d'exercices spirituels analogues à ses forces. Elle récitoit
tous les jours l'office de la sainte Vierge, et

11

disoit aux personnes qui l'entouroient et qui craignoient qu'elle ne se fatiguât trop : « Ce » qui console beaucoup fatigue. »

Pendant les dernières crises de sa maladie, elle communia deux fois en viatique, avec autant de ferveur que d'édification pour le public. Elle s'étoit préparée à l'extrême-onction long-temps avant de recevoir ce sacrement. Elle avoit aussi lu et s'étoit fait lire plusieurs fois les prières des agonisans, en sorte qu'elle vit arriver sans trouble et sans frayeur le prêtre chargé de réciter au pied de son lit ces prières saintes et terribles qui ordonnent à l'ame chrétienne de sortir de ce monde. Elle les suivit avec attention et répondit avec les assistans.

Sa tendresse pour les pauvres ne s'éteignit qu'avec le dernier souffle de son existence: L'avant-veille de sa mort ses mains défaillantes préparoient encore des vêtemens pour en revêtir des malheureux. Elle tomboit de temps en temps dans une espèce de sommeil léthargique dont on ne pouvoit la faire sortir qu'en lui parlant de Dieu. C'étoit surtout de la passion de Notre-Seigneur qu'elle vouloit qu'on l'entretînt. Les yeux constamment fixés sur un crucifix qu'elle avoit

fait attacher au pied de son lit, alors qu'elle
ne pouvoit plus parler, ses regards mon-
troient assez quel étoit désormais l'objet
de toutes ses pensées, de toutes ses espérances. Le 24 juin 1768, jour de sa mort,
elle recueillit le peu qui lui restoit de forces
pour donner sa bénédiction aux princesses
ses filles, et après s'être encore entretenue
quelques instans avec son Dieu, elle éprouva
la dernière défaillance qui la conduisit à une
mort douce et paisible. Elle étoit dans sa
soixante-cinquième année et en avoit régné
quarante-trois.

MARIE-JOSEPHE DE SAXE,

DAUPHINE DE FRANCE.

Morte le 13 Mars 1767.

MARIE-JOSEPHE de Saxe étoit fille de Frédéric-Auguste, troisième du nom, roi de
Pologne, électeur de Saxe. Elle naquit à
Dresde le 4 novembre 1732. Son éducation
fut extrêmement soignée; et, grâces aux
étonnantes dispositions qu'elle montra dès
sa plus tendre jeunesse, elle fit de rapides
progrès dans les différens genres d'étude
auxquels on l'appliqua. Jusqu'à l'âge de sept
à huit ans, on ne lui donna que des leçons
relatives à cet objet. Elle savoit dès-lors
toute l'histoire de l'ancien et du nouveau
Testament, en comprenoit parfaitement la
morale, et étoit fort instruite sur les
dogmes de notre sainte religion. Sa piété
répondoit à son instruction. Son caractère
étoit aimable, mais vif et ardent. Elle avoit

l'esprit juste et voyoit d'ordinaire les choses sous leur véritable point de vue ; aussi arrivoit-il rarement qu'elle dût céder au sentiment des autres ; non qu'elle montrât de l'opiniâtreté dans les discussions , mais parce qu'elle avoit le talent d'amener à sa façon de penser ceux qui en paroissoient d'abord le plus éloignés. Du reste elle avoit l'ame trop élevée et le cœur trop bon pour abuser jamais de la supériorité que lui donnoit son esprit sur la plupart des personnes qui l'entouroient.

Après les études relatives à la religion, on l'avoit occupée sérieusement de l'histoire, des langues latine , française et italienne , et par forme de délassement, de dessin et de musique. Elle étonnoit ses instituteurs par son ardeur à apprendre. Lorsque les maîtres chargés de lui donner ces différentes leçons étoient en retard de quelques instans, elle leur disoit en regardant sa montre : « Voilà, monsieur, tant de » minutes perdues. »

Mariée à quatorze ans au dauphin, fils de Louis XV , qui venoit de perdre sa première épouse, elle dut, en quittant sa patrie, se regarder comme une victime

11*

immolée à la politique. Que de préventions ne sembloient-elles pas devoir s'élever contre elle ? Marie étoit la fille du roi de Pologne, de celui qui avoit détrôné Stanislas ; et c'étoit le petit-fils de ce même Stanislas qu'elle alloit nommer son époux. Deux princesses, filles de deux rois rivaux, alloient habiter sous le même toit, et l'une d'elles eût pu dire à l'autre : votre père a causé tous les malheurs du mien. Mais la religion exerçoit son empire sur ces deux nobles cœurs ; ils s'apprécièrent dès le premier abord, et l'union la plus parfaite fut le fruit de leurs communes vertus. Stanislas lui-même ne put résister au mérite de la jeune princesse : il eut pour elle la plus tendre affection et la lui témoigna dans toutes les occasions de la manière la moins équivoque.

Il eût été bien difficile en effet de ne pas aimer une personne dont l'ame offroit une réunion des qualités les plus excellentes, des sentimens les plus délicats et de la piété la plus touchante. Dès son arrivée à Versailles, elle reconnut la disposition des cœurs et vit bien qu'elle n'avoit à craindre les ressentimens de qui que ce fût pour les différends qui existoient entre son père et

celui de la reine. L'accueil plein de bonté
que lui fit cette vertueuse princesse la ras-
suroit complètement à cet égard; mais ce
n'étoit pas assez pour son cœur; elle vouloit
être aimée, et elle ne négligea rien pour y
parvenir.

Le jour même de son mariage, quand le
dauphin la conduisit dans l'appartement qui
leur étoit destiné, il ne put retenir ses larmes
à la vue de quelques meubles qui avoient été
à l'usage de sa première épouse et qui lui
rappeloient de douloureux souvenirs. La
dauphine s'en aperçut, et, au lieu de feindre
de ne pas les voir, ce qui, pour tout autre,
eût été un trait d'adresse, elle donna l'essor
aux sentimens de son cœur, prit part à la
douleur de son époux, mêla ses larmes aux
siennes, et lui dit avec un accent plein de
douceur : « Donnez, monsieur, un libre
» cours à vos larmes, et ne craignez pas
» que je m'en offense; elles m'annoncent au
» contraire ce que j'ai droit d'espérer moi-
» même, si je suis assez heureuse pour mé-
» riter votre estime. »

Dans une parure d'étiquette, qu'elle devoit porter le troisième jour de ses noces,
se trouvoit un bracelet auquel étoit attaché

le portrait du roi son père. On sent combien il eût été pénible pour la reine de voir ainsi porter comme en triomphe dans le palais de Versailles, le portrait de celui qui avoit été si long-temps le persécuteur de sa famille. Déjà la malignité des courtisans se disposoit peut-être à profiter de cette première occasion de mésintelligence ; cependant une partie de la journée s'étoit déjà passée sans que personne eût osé jeter les yeux sur le bracelet. La reine fut la première qui en parla : « Voilà donc, ma fille, lui » dit-elle, le portrait du roi votre père ? » Oui, maman, répondit la dauphine, en » lui présentant le bras, voyez comme il est » ressemblant. » C'étoit celui de Stanislas. Chacun admira ce trait plein de délicatesse. La reine sur-tout y fut vivement sensible, et la jeune princesse lui devint plus chère de jour en jour.

Chaque jour aussi elle faisoit de nouveaux progrès dans le cœur de son époux; en lui parlant de sa première femme ; en le priant de l'entretenir de ses rares qualités et en lui protestant qu'elle vouloit mettre tous ses soins à lui ressembler. Des procédés si généreux ne pouvoient manquer de faire la plus vive impression sur le dauphin. Une maladie dont il fut attaqué en l'année 1752, acheva de lui faire connoître le trésor qu'il possédoit et combien la princesse étoit digne de son amour.

Dès le commencement de cette maladie, on ne put douter que ce ne fût une petite vérole des plus dangereuses. La dauphine s'étant souvenue qu'un jour le prince lui avoit dit qu'il redoutoit beaucoup cette maladie, parce que souvent elle ne laisse pas au malade le temps de se reconnoître, elle forma le dessein de lui en laisser ignorer la nature et elle y réussit. Après avoir fait connoître ses intentions aux médecins et à toutes les personnes qui approchoient du prince, elle imagina de composer et de faire imprimer exprès pour lui une gazette de France dans laquelle, sans avancer cependant rien de faux, elle parloit de sa maladie en termes généraux, et propres à éloigner de son esprit tout ce qui auroit pu lui faire soupçonner qu'il étoit atteint de la petite vérole.

Indépendamment de ce soin d'une nature toute particulière, elle lui en consacroit une infinité d'autres, passant près de lui la journée entière, sans craindre les effets de la côntagion, et ne se retirant que fort avant dans la nuit, quand on l'obligeoit d'aller prendre un peu de repos. Il ne prenoit rien que de sa main, ne pouvoit manifester la moindre incommodité, sans'qu'aussitôt elle ne trouvât quelque moyen de lui procurer du soulagement. Enfin sa conduite étoit telle qu'un célèbre médecin, qu'on avoit mandé par extraordinaire et qui ne connoissoit point la cour, dit en montrant cette princesse : » Voilà une petite femme qui est impayable » pour ses attentions, son air aisé et son » assiduité à servir M. le dauphin. »'Il l'avoit prise pour une garde-malade. Dès qu'on lui eut dit que c'étoit madame la dauphine, il se reprocha beaucoup de ne pas lui avoir donné les marques de respect qui lui étoient dues. « Oh! bien, s'écria-t-il » ensuite, que je voie encore nos petites » dames de Paris faire les précieuses et » craindre d'entrer dans la chambre de leurs » maris quand ils sont malades, comme je » les enverrai à cette école! » Un jour qu'on représentoit à la princesse le danger auquel elle exposoit sa propre santé, en se ménageant si peu, et en respirant habituel-

lement l'air d'une maladie contagieuse, elle
fit cette belle réponse : « Eh ! qu'importe que
» je meure, pourvu qu'il vive ! La France
» ne manquera jamais de dauphine, si je
» puis lui conserver son dauphin. »

Ce prince, sensible aux attentions de sa
vertueuse épouse, en conçut une profonde
reconnoissance qui ne fit qu'accroître l'attachement qu'il lui portoit déjà. Pendant sa
convalescence, il ne cessoit d'en parler. « Non,
» disoit-il souvent, ce n'est qu'à ses soins et à
». ses prières que je suis redevable de la vie. »

La naissance de huit enfans, cinq princes
et trois princesses, fut le fruit d'une al-
liance si chrétienne et si bien assortie. L'aî-
née de tous étoit la Princesse Zéphirine qui
mourut dans sa cinquième année, âge où
l'enfance commence à avoir plus de charmes.
Le duc de Bourgogne et le duc d'Aquitaine,
son frère, moururent aussi avant d'avoir pu
réaliser les espérances que leur naissance
avoit fait concevoir. Deux autres princesses, madame Clotilde et madame Elisabeth de France, devinrent dans la suite
des modèles de vertu et de piété. Nous
retracerons plus particulièremant les traits
admirables de la vie de cette dernière

dans une notice séparée. Enfin, les trois princes qui survécurent à leurs augustes parens, étoient le duc de Berri, depuis Louis XVI, de sainte et douloureuse mémoire; le comte de Provence, Louis XVIII, qui recouvra miraculeusement l'héritage de ses pères, après vingt-cinq ans d'illustres infortunes; et le comte d'Artois, Charles X, qui règne aujourd'hui sur les Français dont il a mérité le surnom de *Bien-Aimé.*

La première demande que la dauphine faisoit au ciel quand il lui naissoit un fils, c'étoit qu'il fût vertueux. Ce vœu si pur fut complètement exaucé, et l'on doit cette justice à la princesse, qu'elle ne négligea rien pour seconder dans ses enfans les effets de la grâce. Son premier soin, celui qu'elle regarda toujours comme le plus indispensable et le plus sacré, fut de veiller sur leur éducation.

Elle joignit à toute la tendresse d'une bonne mère cette fermeté uniforme qui sait contenter les enfans et plier au bien leurs inclinations naissantes. Il ne lui suffisoit pas de cultiver leur esprit; sa plus grande sollicitude étoit de former leur cœur. Elle leur inspiroit par ses discours, et plus encore

par ses exemples, le plus grand éloigne-
ment pour les flatteurs et pour tous les
homme vicieux.

Les jeunes princes avoient pour gouverneur le duc de la Vauguyon, seigneur d'une
valeur et d'une probité reconnues; et pour
précepteur l'évêque de Limoges, prélat qui
joignoit au savoir la noble franchise des
mœurs antiques, et qu'il suffit de nommer
pour rappeler l'idée de la vertu. En leur
transférant toute leur autorité, le dauphin
et la dauphine firent sentir à leurs enfans
qu'étant destinés à fixer un jour les regards
de la nation, leur conduite particulière in-
flueroit nécessairement sur les affaires publiques, et que, comme Dieu leur tiendroit
compte de tout le bien auquel leur exemple
auroit donné lieu, sa justice aussi feroit re-
tomber sur eux tout le mal qu'auroit pu oc-
casionner leur inconduite.

La princesse apportoit sur-tout une attention scrupuleuse à éloigner d'eux tous les
livres qui auroient pu donner atteinte à la
pureté de leur foi ou à l'innocence de leurs
mœurs. Sachant par sa propre expérience
que la religion inspire toutes les vertus,
qu'elle seule peut les perfectionner, elle en-

troit sur cette matière dans les moindres détails; elle s'assuroit souvent s'ils étoient instruits des principales vérités de la foi autant que le permettoit leur âge; elle vouloit savoir s'ils pénétroient le sens des prières qu'ils récitoient, et elle leur enseignoit à servir Dieu en esprit et en vérité. Elle prit soin particulièrement que, dès l'âge le plus tendre, ils fussent instruits sur les sacremens, qu'ils en connussent la force et l'efficacité, qu'ils apprissent à en respecter la sainteté et à en désirer l'usage. Ce fut elle-même qui leur apprit la manière de se confesser, et qui les dirigea dans le choix de celui à qui ils devoient donner leur confiance.

L'esprit d'ordre qui dirigeoit la dauphine lui faisoit trouver du temps pour tout. Le travail des mains entroit même dans le plan des exercices de sa journée; elle y donnoit un temps déterminé et le faisoit par principe de conscience; car la charité en étoit presque toujours le principal but.

Comme toutes les personnes vraiment religieuses, la princesse possédoit cette dernière vertu à un haut degré de perfection. Elle n'estimoit l'argent que pour le

plaisir de le répandre sur les malheureux.
On ne concevoit pas comment, avec des
revenus assez bornés, elle pouvoit suffire à
des libéralités qui paroissoient immenses,
malgré tous ses efforts pour les cacher. Mais
c'étoit sur-tout dans ses privations qu'elle
trouvoit le moyen de multiplier ses aumônes
et d'étendre ses bienfaits sans devenir à
charge à l'état.

Parmi ses occupations les plus chères,
elle comptoit la méditation des vérités du
salut à laquelle elle consacroit au moins une
demi-heure chaque jour. La prière étoit en
quelque sorte l'ame de sa vie. Soit qu'elle
eût reçu de Dieu quelque faveur, qu'elle eût
quelque grâce à lui demander, ou des pertes
et des revers à lui offrir, tout étoit pour elle
une occasion de prière.

L'assistance à la sainte messe étoit aussi le
devoir dont l'accomplissement lui offroit le
plus de consolations et dont la privation lui
eût le plus coûté. Mais les jours qu'elle regardoit comme les plus heureux de sa vie
étoient ceux où elle avoit l'avantage de participer plus abondamment aux fruits du saint
sacrifice par la communion. Elle croyoit n'a-
voir témoigné qu'à demi sa reconnoissance

envers Dieu pour un bienfait, quand elle
ne l'en avoit pas remercié en communiant
avec ferveur. Elle recevoit la divine eucharistie tous les ans, le jour de la présentation
de la sainte Vierge, en actions de grâces de
ce qu'à pareil jour, le roi, son père, avoit eu
le bonheur d'abjurer l'erreur et d'entrer dans
le sein de l'église romaine. La communion
étoit sa grande ressource pour toutes les
circonstances de sa vie; et c'est sans doute
dans le saint et fréquent usage qu'elle en
faisoit, qu'elle puisa cette patience inalté-
rable et cet esprit de mortification avec lesquels elle supporta le poids des malheurs qui
vinrent l'assaillir.

Sans parler de la perte de trois de ses enfans, qu'elle souffrit sans murmurer contre
Dieu qui les lui avoit donnés, et à qui il
plaisoit de les reprendre, elle éprouva des
peines biens vives dans presque tout ce qui
lui étoit cher au monde. L'électeur, son
père, attaqué et vaincu par le roi de Prusse,
devint fugitif comme l'avoit été Stanislas.
La reine, sa mère, tomba avec plusieurs
de ses enfans au pouvoir de l'ennemi, qui
ne lui épargna point les humiliations ni les
mauvais traitemens. Enfin toute la Saxe fut

entièrement dévastée et n'offrit bientôt plus
que le spectacle hideux du meurtre et du
pillage. La princesse aimoit beaucoup sa
patrie, et avoit pour sa famille l'attachement
le plus tendre ; que l'on juge de ce que son
cœur eut à souffrir ! « Tous les Saxons que
» je voyois arriver à la cour, racontoit-elle,
» quelque temps après, me sembloient être
» ces envoyés de Job qui venoient m'an-
» noncer quelque nouveau malheur auquel
» ils avoient échappé. »

Dans l'excès de sa douleur, la religion seule
fit sa force et devint son soutien. Elle mul-
tiplioit ses bonnes œuvres, adressoit à Dieu
de continuelles et ferventes prières, qui,
ne pouvant lui ôter tout-à-fait le sentiment
de ses peines, en tempéroit au moins la
vivacité.

Un jour elle apprit que le monarque
prussien, par un raffinement de cruauté qui
appartenoit plutôt aux siècles de barbarie
qu'à ceux de la civilisation, avoit fait cou-
vrir de paille toutes les maisons de Dresde,
et remplir les caves de poudre ou de ma-
tières combustibles, de sorte qu'au premier
signal donné, tous les habitans, parmi lesquels étoit la reine captive avec plusieurs

de ses enfans , eussent péri inévitablement au milieu des flammes , et sous les ruines de cette malheureuse capitale.

La dauphine ne goûta pas de repos jusqu'à ce qu'elle sût sa famille échappée à ce danger horrible. Elle eut un moment de joie et d'espérance lorsqu'une armée française marcha au secours des Saxons, et sembla d'abord ne promettre que des succès ; mais la défaite de cette armée par les Prussiens devint pour la princesse un nouveau sujet d'affliction.

Elle apprit bientôt après que les vainqueurs avoient abusé de leur victoire pour redoubler de rigueur à l'égard de la malheureuse reine. Combien ces traitemens parurent cruels pour le cœur d'une fille aussi tendre ! Elle les ressentoit plus vivement que si elle les avoit elle-même éprouvés, et cent fois on lui entendit dire :

» Je serois heureuse si je pouvois faire » l'échange du palais de Versailles pour la » prison de ma mère. »

Ce qu'il y eut d'admirable dans sa conduite, et qu'on ne peut attribuer qu'à un sentiment profond des principes religieux, c'est que, dans cette extrême désolation, il ne lui échappa jamais la moindre plainte contre celui qui en étoit la cause. Elle ne souffroit même pas que les personnes sur qui elle avoit quelque autorité exprimassent leur indignation contre le roi de Prusse. Une de ses dames d'honneur l'ayant osé faire en sa présence, la princesse l'interrompit vivement. « Souvenez-vous, lui dit-elle, qu'on » doit respecter dans le roi de Prusse, » l'image de la majesté de Dieu, comme » dans les autres souverains; si le Seigneur » l'a choisi pour punir l'Allemagne, pour-» quoi s'élever contre l'instrument de ses » vengeances ? Tâchons plutôt de désarmer » sa justice par nos prières. »

Sa résignation fut bientôt soumise encore à de plus rudes épreuves : elle apprit que sa mère, abreuvée d'amertumes et de chagrins, venoit de succomber dans une dure captivité. Cette mort fut suivie de celle de la reine d'Espagne, sœur de la dauphine et de celle de la duchesse de Parme, son autre sœur, qui termina ses jours dans le palais de Versailles. Elle perdit encore, peu de temps après, le roi Frédéric-Auguste, son père, et le fils et le successeur de ce dernier, qui ne lui survécut que trois mois.

Enfin, comme si tous les genres de douleur devoient lui être réservés, elle perdit son époux, ce prince si vertueux qui étoit tout ce qui lui restoit de plus cher au monde. Tout le temps qu'il fut malade, elle ne le quitta point. Toujours à côté de son lit, s'il se plaignoit, elle l'entendoit; s'il souffroit, elle le voyoit; quand on l'administroit, elle étoit présente; quand d'une parole il faisoit fondre en larmes tous les assistans, elle étoit du nombre, et c'étoit encore elle qui montroit le plus de courage.

La maladie de ce prince fut si longue et si douloureuse, qu'on le vit plusieurs fois à l'agonie avant le jour de sa mort; mais au milieu de ses souffrances, il montroit une résignation si touchante, qu'il en inspiroit à sa triste épouse. Il lui donnoit d'ailleurs une sorte de consolation par l'affection qu'il lui témoignoit, et par le prix qu'il paroissoit attacher aux soins dont il étoit l'objet.

La première fois qu'elle lui fit une lecture, il lui dit : « Vous êtes la seule qui » me lisiez avec ce ton affectueux qui me » touche : il faut que désormais vous con-

» tinuiez à être ma lectrice. » Elle faisoit aussi avec lui ses prières du matin et du soir, et lui lisoit le sujet de ses méditations. Qu'il étoit beau de voir ainsi les enfans des rois donner au monde ces grands exemples de piété ! Quel spectacle plus touchant que celui offert par un jeune prince, tranquille aux approches de la mort, par son épouse, résignée au milieu de ses douleurs, s'exhortant mutuellement à bénir le Dieu dont la main s'apprêtoit à les frapper.

Dans un moment où l'auguste malade éprouva tout-à-coup un étouffement des plus violens, tous ceux qui l'entouroient crurent qu'il alloit rendre les derniers soupirs, et la frayeur troubla tellement leurs esprits, que personne ne songeoit à adresser au mourant un seul mot de consolation. La dauphine seule, étouffant ses soupirs et retenant ses larmes, se lève, prend d'une main ferme un crucifix que le dauphin avoit fait attacher au pied de son lit : elle le présente à ses yeux, le lui pose ensuite sur les lèvres, et, avec le zèle le plus tendre, ne cesse de l'exhorter au sacrifice de sa vie. Quand la crise fut passée, elle éprouva une sorte de défaillance, suite de la violence qu'elle

s'étoit faite. Tout le monde se livroit à la
joie, elle seule ne pouvoit encore la ressentir. « Quelle digne femme! s'écria le dau-
» phin, pénétré d'une tendresse aussi géné-
» reuse; après avoir fait le bonheur de ma
». vie, elle m'aide encore à bien mourir. »

Ses soins ne se ralentirent pas jusqu'à la
mort du prince, qui arriva le 20 décembre
1765. Quoique préparée depuis long-temps
à une perte si cruelle, la dauphine la res-
sentit vivement. Tout contribuoit encore à
la lui rappeler : la douleur universelle, les
plaintes des malheureux qui pleuroient leur
père et leur soutien; le deuil sincère de
tout ce qui avoit connu le prince; la maladie de la reine qui, victime de sa tendresse,
ne survécut pas long-temps à son fils ; la
mort du roi Stanislas avec lequel le Dauphin avoit en tant de traits de ressemblance.
Il ne se passoit pas un seul jour, pas un
seul instant, sans que la princesse eût
quelque sujet extérieur de rouvrir la source
de ses larmes.

Au milieu de ces chagrins et des mortifications, que de méprisables courtisans lui
faisoient éprouver depuis qu'elle avoit perdu
son époux, une seule pensée l'attachoit en-

core à la vie : c'étoit le désir de remplir
es intentions du dauphin, en s'occupant
elle-même de l'éducation de ses enfans. Elle
l'avoit fait conjointement avec lui, tant qu'il
avoit vécu ; après sa mort, elle reprit les
répétitions des trois jeunes princes. Le latin
et le français, l'histoire sacrée et profane,
les devoirs de leur état, ceux sur-tout de la
religion ; tout étoit du ressort de cette vertueuse et savante princesse : rien ne lui
échappoit de leurs progrès et de leurs fautes,
et malgré l'état de langueur et d'épuisement
dans lequel elle tomba bientôt, elle ne
cessa de leur donner ses leçons que deux
jours avant sa mort.

De jour en jour on la voyoit dépérir ; on
s'efforça en vain de procurer son rétablisse-
ment, par différens régimes auxquels elle se
soumit avec une patience admirable ; rien ne
put arrêter les progrès de la fièvre lente qui
la consumoit insensiblement.

Tant qu'elle ne fut pas obligée de se tenir
au lit, elle ne changea rien, malgré ses
infirmités, à ses occupations. Les bonnes
œuvres, l'éducation de ses enfans, et les
exercices de piété remplissoient tout son
temps. Les malheureux occupoient encore

une grande partie de ses pensées ; elle leur consacroit tous les fonds dont elle pouvoit disposer, au-dessus de ses dépenses néces-saires, et tout le crédit qu'elle avoit conservé près du roi.

Le jour où elle prit le deuil, elle communia avec la ferveur la plus édifiante, et sa conduite, au milieu d'une cour livrée à la dissipation, devint celle de ces saintes veuves qui honorèrent les premiers siècles de l'église.

Malgré tant de vertus, qui la rendoient un objet d'admiration pour toutes les personnes qui avoient le bonheur de l'approcher, la dauphine ne pouvoit se défendre des terreurs de la mort. Quelqu'un à qui elle faisoit connoître combien elle redoutoit les jugemens de Dieu, lui rappeloit la constance et la fermeté du dauphin, et l'exhortoit à l'imiter dans ses derniers momens. « Quel pa- » rallèle ! s'écria la princesse ; c'étoit un » saint, et moi je ne suis qu'une péche- » resse ; non, quand je pense au compte » que je dois rendre bientôt à la justice de » Dieu, il n'y a que l'amour immense qu'il » me témoigne, en se donnant à moi dans

» la communion, qui soutienne ma con-
» confiance en ses miséricordes. »

» Je touche à ma fin, disoit-elle un autre
» jour; il est temps que je fasse ma prépa-
» ration à la mort. » Elle la commença le
jour de la Purification de la sainte Vierge, et
depuis ce temps, elle continua de s'entretenir deux fois le jour avec son confesseur
du bonheur d'une sainte mort et des moyens
de la mériter. Au commencement du carême
elle voulut, par une dévotion particulière
à saint François Xavier, effectuer les exercices spirituels prescrits par les souverains
pontifes pour gagner des indulgences. L'abbé
Soldini, son confesseur, en prit occasion
de lui rappeler la résignation avec laquelle
le saint apôtre des Indes avoit accepté la
mort à la vue d'un vaste empire, qu'il désiroit ardemment de conquérir à Jésus-Christ.
« Pour vous, madame, ajouta-t-il, ce que
» vous regarderiez comme la plus précieuse
» conquête, ce seroit de pouvoir mettre la
» dernière main à l'éducation de vos enfans;
» mais si Dieu demandoit de vous que vous
» ajoutassiez encore ce dernier sacrifice à
» tous les autres? — Ah! répondit-elle
» aussitôt, je ne désire rien tant que l'ac-

» complissement de sa sainte volonté ; je
» m'y soumets de tout mon cœur , et je me
» repose absolument sur lui seul du soin de
» mes enfans. »

Elle avoit l'esprit si présent et l'ame si
tranquille lorsqu'on l'administra publiquement, qu'elle put elle-même donner les
ordres nécessaires pour la cérémonie. Le
roi, qui y assista , fondoit en larmes ainsi
que toute la famille royale. Elle seule montroit le même contentement et la même
sérénité qu'on avoit naguères admirés dans
le dauphin. « Non jamais, disoit-elle, je
» n'avois goûté dans une plus douce paix le
» bonheur de posséder mon Dieu. Il me
» semble que j'aurois assez de courage en
: ce moment pour faire mes derniers adieux
» à mes enfans; mais ce jour-ci doit être
» tout pour Dieu , je les verrai demain. »

Le lendemain , en effet , elle fit venir les
trois jeunes princes. Son dessein étoit de
leur donner elle-même ses dernières ins-
tructions; mais en les voyant , ses entrailles
s'émurent; elle sentit vivement qu'elle étoit
mère et elle ne put songer aux dangers, aux
malheurs peut-être , qui menaçoient leur
enfance , sans être pénétrée d'une profonde

tristesse. Elle les fit approcher de son lit, et, mêlant ses larmes à leurs sanglots, elle leur donna sa bénédiction en faisant signe à son confesseur de s'acquitter en son nom du devoir que son attendrissement ne lui permettoit pas de remplir.

Elle fit venir les princesses le jour suivant, et trouva plus de force pour les exhorter à profiter de la bonne éducation qu'on leur donnoit, et à prier Dieu pour elle après sa mort.

Ces deux entrevues lui avoient beaucoup coûté, cependant elle voulut encore plusieurs fois revoir ses enfans qu'elle ne cessoit de recommander aux personnes qui avoient part à leur instruction.

Le vendredi 13 mars 1767, la dauphine eut des étouffemens, et ses douleurs devinrent plus aiguës. De temps en temps elle sembloit entrer en agonie, puis il lui survenoit des momens de calme dont elle profitoit pour porter les yeux sur son crucifix, élever son ame à Dieu et lui adresser ses prières. S'étant souvenue qu'à pareil jour le Sauveur du monde avoit souffert pour l'amour des hommes : « Je vous rends grâces, « mon Dieu ! s'écria-t-elle, de m'avoir mé-

» nagé cette conformité avec vous, et je
» vous conjure d'unir mes souffrances aux
» vôtres. »

Quelques instans après, l'archevêque de
Paris vint la visiter, et, sur sa demande, lui
donna sa bénédiction. Son confesseur lui dit
alors : « Réjouissez-vous, madame ; vous
» allez, en échange d'une vie passée dans
» la tristesse et dans les larmes, commen-
» cer un règne éternellement heureux. » La
princesse parut se troubler un moment, par
la pensée du prochain jugement de Dieu ;
mais elle reprit bientôt son calme ordinaire
et les sentimens de la plus parfaite résignation. « Allons, dit-elle, il est temps qu'on
» récite pour moi les prières des agonisans. »

Ces prières étant récitées, elle demanda
au cardinal de Luynes et à l'évêque de Ver-
dun de l'entretenir par leurs exhortations et
par leurs prières dans les dispositions nécessaires pour obtenir une bonne mort. Ces
deux prélats remplirent ses intentions, tandis
qu'elle-même, les yeux fixés sur le crucifix
qu'elle tenoit dans ses mains, s'unissoit de
cœur à leurs oraisons.

C'est dans ces sentimens, et en conservant
toute sa connoissance jusqu'au dernier sou-

pir, que cette vertueuse princesse termina
une vie passée dans l'amertume et la douleur.

Envierons-nous encore le sort des personnes que leur naissance approche du
trône ? Elle payent souvent bien cher ce
brillant avantage! Heureuses du moins quand,
fidèles à la loi de Dieu, elles n'oublient
point que le Ciel ne les a placées au-dessus
des autres hommes que pour les exciter par
de bons exemples à pratiquer la religion et
la vertu ; heureuses quand, semblables à
Marie-Joseph de Saxe, elles sortent triom-
phantes de toutes les épreuves en vivant
comme si chaque jour de leur vie devoit en
être le dernier.

LOUISE-MARIE DE FRANCE,

FILLE DE LOUIS XV.

Morte le 25 septembre 1787.

LE 15 de Juillet 1737, naquit à Versailles Louise-Marie de France, fille de Louis XV et de Marie Leckzinska. La reine, sa mère, la fit conduire fort jeune à l'abbaye de Fontevrault, où elle fut confiée aux soins de madame de Soutlanges, religieuse de ce monastère.

Le caractère de la jeune Louise annonça d'abord une vivacité extraordinaire qui se manifestoit dans sa physionomie, dans son maintien, dans ses gestes, mais plus particulièrement encore dans ses paroles. Il s'en falloit de beaucoup cependant que cette vivacité dégénérât en étourderie. Elle avoit au contraire un esprit pénétrant, beaucoup de discernement et une prudence au-dessus de son âge. Elle se trompoit rarement dans

ses jugemens sur le caractère et les qualités
des personnes qu'elle voyoit. Elle avoit même
une certaine propension à saisir les ridicules
et à s'en amuser, mais dès qu'on lui eut fait
sentir combien la raillerie, toujours désa-
gréable, même entre égaux, devient une
arme cruelle et lâche, lorsqu'elle s'emploie
contre des inférieurs, elle s'en abstint ri-
goureusement et ne se permit plus que des
plaisanteries innocentes, ou du moins quand
il lui échappoit dans la vivacité de ses saillies
un mot qui pût mortifier quelqu'un, elle
s'en repentoit aussitôt et ne craignoit pas
de l'avouer.

Une de ses femmes, qui avoit mal à un
œil, lui reprochoit un tort dont elle n'étoit
pas coupable : « Si vous mettiez vos deux
» yeux, lui dit la princesse, vous ne me
» verriez peut-être pas faire ce que je ne fais
» pas. — J'ai assez d'un œil, madame, ré-
» pliqua celle-ci, pour voir qu'au moins
» vous êtes bien orgueilleuse. » Madame
Louise, au lieu de se fâcher de cette réponse,
s'approcha aussitôt de cette femme, et lui dit
d'un air touché : « Vous avez bien raison,
» ce n'est que par orgueil que je puis vous
» parler ainsi ; me le pardonnerez-vous?

» Hélas , il faudra aussi que j'en demande
» pardon à Dieu et que je m'en confesse. »

Ce vice étoit en effet celui dont l'auguste
enfant paroissoit le plus entâchée et que
l'on eut le plus de peine à déraciner en
elle. Connoissant le cérémonial que l'on devoit suivre à son égard , la petite princesse
prétendoit qu'on s'y conformât exactement.
Un jour qu'elle avoit marqué de la hauteur
à ses femmes , la gouvernante leur recommanda de s'asseoir tandis qu'elle boiroit, ce
qui ne devoit pas se faire. Dès qu'elle s'en
aperçut, elle discontinua de boire et dit d'un
ton impérieux : « Debout, s'il vous plaît,
» madame Louise boit. » Madame de Soutlanges , prenant le même ton , répondit :
» Madame peut boire tout à son aise ; mais
» ses femmes resteront assises , parce
» qu'elles ont ordre d'oublier que madame
» est princesse , toutes les fois qu'elle ou-
» blie qu'une princesse ne doit point avoir
» de hauteur ni affecter un ton impérieux
» avec les personnes qui lui rendent des ser-
» vices . »

Tout ce qui l'entouroit étoit instruit à
lui montrer la même fermeté et à ne point
céder à ses caprices. Une femme , qui

travailloit dans son appartement, lui ayant ainsi résisté sans s'écarter du respect dû à son rang ; la princesse lui dit avec humeur : » ne suis-je pas la fille de votre roi ? — » Et moi, madame, répondit froidement » cette femme, ne suis-je pas la fille de » votre Dieu ?

La princesse demeura frappée de cette réponse. Elle y réfléchit un moment et avoua ensuite ses torts avec une candeur admirable. C'étoit beaucoup, pour un esprit aussi hautain, que cette facilité à revenir qui est toujours l'indice d'un bon cœur. La religion y avoit aussi beaucoup de part. L'éducation que recevoit madame Louise avoit porté de très-bonne heure ses idées vers la contemplation des vérités divines, et, dès qu'elle put les comprendre, elle ne songea plus qu'à se gouverner selon les préceptes de la religion. Elle aimoit à assister aux offices, ne se plaignant jamais de leur longueur, et faisoit ses prières avec tout le recueillement et le respect qu'on pouvoit attendre de son âge. Un jour qu'elle prioit seule dans son oratoire, elle dit à une femme de chambre qui restoit assise : « Mettez-vous donc aussi à genoux pour

» prier avec moi, alors Notre-Seigneur se
» trouvera au milieu de nous. » Pensée
touchante et qui prouve avec quel fruit
l'auguste enfant recevoit l'instruction religieuse.

Quand elle fut en âge de se confesser, elle
ne s'y disposa qu'avec un soin extraordinaire ; et comme on lui disoit un jour
qu'elle y employoit trop de temps : « Il
» faut bien, répondit-elle, que je tâche de
» connoître ma conscience aussi bien que
» je puis la connoître. »

Cette défiance qu'elle avoit d'elle-même
la porta à différer l'instant de sa première
communion. Malgré tout le désir qu'elle
avoit de participer à la nourriture céleste,
elle ne se croyoit pas encore digne d'un tel
bonheur ; et ce ne fut qu'après avoir été
rassurée contre son indignité par les motifs
consolans de la foi, qu'elle consentit à se
préparer à la grâce de ce sacrement. Aussi
communia-t-elle de la manière la plus édifiante et avec une abondance de pieux sentimens qu'on ne pouvoit assez admirer dans
un âge si tendre.

La princesse parut à la cour dans sa
quatorzième année. Ce n'avoit pas été sans

bien des regrets qu'elle avoit quitté le saint asile où s'étoit écoulée son enfance ; sur le théâtre si dangereux et si nouveau pour elle où sa naissance la contraignit de paroître, elle ne démentit point les espérances qu'avoit fait concevoir le choix de ses pieuses institutrices, et sa conduite fut si régulière, si conforme aux principes de la religion, qu'elle charma son auguste mère, cette reine dont les rares vertus pénétroient d'admiration tout le royaume.

Au milieu des jeux frivoles et des pompes de la grandeur, auxquels elle se montroit insensible, Louise, exacte à remplir les exercices de piété qu'elle regardoit comme essentiels dans la vie chrétienne, tels que la méditation des vérités du salut, et surtout le fréquent usage des sacremens, dut à sa constante fidélité sur ce point important la plupart des vertus dont elle offrit bientôt un si parfait assemblage.

Il lui venoit souvent à l'esprit qu'elle faisoit, pour complaire au monde, bien des sacrifices pénibles dont Dieu ne lui tiendroit aucun compte. En admirant comment la reine, qui avoit de grands devoirs à remplir, et auxquels elle étoit très-fidèle, avoit su se mettre en liberté et vivre comme une sainte au milieu de la cour, la jeune princesse ne désiroit rien tant que de lui ressembler. Elle auroit voulu être sans cesse auprès de son auguste mère ; mais il est des usages auxquels il faut faire plier jusqu'aux sentimens de la nature.

La mort de sa sœur, madame Henriette, qui avoit été toute sa vie la fidèle imitatrice de la reine, fit sur Louise la plus vive impression. « J'aurois voulu, dit-elle dans un écrit tracé de sa main, j'aurois voulu mourir aussi saintement qu'elle ; mais ma vie étoit bien différente de la sienne, et j'avois grand peur de mourir avant d'avoir commencé à mieux vivre.

« Ce fut à-peu-près vers ce même temps, ajoute-t-elle, que la comtesse de Rupelmonde quitta la cour pour entrer dans le couvent des Carmélites de la rue de Grenelle. Cette première démarche ne fit sur moi qu'une légère impression, parce que tout le monde nous assuroit qu'elle n'auroit pas de suite ; mais tout le monde se trompa. Après le temps d'épreuve ordinaire la comtesse prit l'habit. La reine, qui ne laissoit échapper aucune occasion de s'édifier, vou-

lut aller à sa vêture et nous y conduisit ;
elle aimoit beaucoup la comtesse qui le mé-
ritoit et qui avoit été une de ses dames du
palais. Devenue veuve, fort jeune encore,
elle se trouvoit libre et possédoit tout ce
qu'il faut pour plaire dans la société et se
procurer les agrémens de la vie présente.
Son dévouement généreux, vu de près, me
fit faire de profondes réflexions sur la néces-
sité du salut et sur le néant de tout ce qui
flatte nos sens. « Voilà du courage, me
» disois-je à moi-même, voilà comme on
» ravit le Ciel. »

» J'étois alors dans ma seizième année.
Pendant la cérémonie et avant de sortir de
l'église, je pris la résolution de demander
tous les jours à Dieu qu'il me donnât les
moyens de briser les liens qui me rete-
noient dans le monde, et de pouvoir être
un jour, sinon Carmélite, car je n'osois
me flatter d'en avoir la force, du moins religieuse dans une maison bien régulière ;
car j'ai toujours tremblé pendant la trop
longue épreuve de ma vocation, de rencon-
trer une maison relâchée, me disant à moi-
même que ce ne seroit pas la peine de faire

14

tant de frais pour n'aboutir qu'à se damner en religion. »

Tout le temps que dura le noviciat de madame de Rupelmonde, la jeune princesse, ébranlée par les propos qui se débitoient à la cour, n'osoit encore former sur elle un jugement bien assuré, et elle mouroit de peur que la sœur *Thaïs* ne laissât bientôt la bure du Carmel pour les habits de cour de la comtesse de Rupelmonde ; mais la profession solennelle de cette dame vint donner un démenti à ceux qui avoient douté de sa vocation, en même temps qu'elle affermit celle de la princesse Louise.

« J'avois pris dès-lors, dit celle-ci, quelques renseignemens sur la vie que mènent les carmélites, et, sans avoir encore de volonté exclusive pour l'ordre dans lequel je me consacrerois au Seigneur, j'étois néanmoins assez décidée pour le leur, à moins que des difficultés insurmontables ne m'en fermassent l'entrée. »

Madame Louise fit part de son projet à monseigneur l'archevêque de Paris qui, voulant l'éprouver, l'exhorta à prier et à prendre patience. La mort du dauphin, celle de la dauphine et de la reine, qui se succédèrent en très-peu de temps, ne lui permirent pas de s'occuper d'autre chose que des soins nécessaires à des personnes qu'elle chérissoit tendrement; mais au fond du cœur elle nourrissoit toujours son idée favorite, et, pour s'en faciliter l'exécution, elle lisoit toujours la règle de sainte Thérèse, qu'elle cachoit ensuite avec soin, afin que personne à la cour ne dérobât le secret de sa vocation.

Pendant plusieurs années elle s'exerça suivant les saisons à soutenir la chaleur et le froid, comme font les carmélites, à porter sous ses robes de cour, de la laine au lieu de toile, à se procurer enfin toutes les mortifications qui pouvoient la préparer à la vie austère qu'elle vouloit embrasser. Toute entière à Dieu, elle vendit ses bijoux, se dépouilla en faveur des pauvres, multiplia ses exercices de piété, rapprocha ses communions, prolongea ses oraisons jusques fort avant dans la nuit. Elle composa enfin en l'honneur de sainte Thérèse une prière touchante, dans laquelle on trouve tous les transports d'une ame embrasée de l'amour divin.

L'archevêque de Paris, reconnoissant

dans cette vertueuse princesse tous les ca-
ractères d'une vocation surnaturelle, céda
enfin à ses désirs et consentit à se charger
de porter au roi le vœu le plus cher au cœur
de sa fille.

Admis à une audience secrète, le prélat
dit à Louis XV : « Sire, je suis chargé d'ap-
» prendre à votre majesté une nouvelle
» qu'elle recevra sans doute avec sa réli-
» gion ordinaire. Madame Louise, après
» les plus longues et les plus sérieuses
» épreuves, a reconnu que Dieu l'appeloit
» à la vie religieuse, et désire que votre
» majesté lui permette d'être heureuse en
» suivant sa vocation. »

Le roi recula d'étonnement à cette demande inattendue et ne voulut rien décider
dans l'instant; mais quelque peine qu'il eût
à se séparer de sa fille, il n'osa résister à
la volonté du ciel qui se manifestoit ouver-
tement en elle, et lui accorda de pouvoir
choisir le monastère qui lui conviendroit le
mieux. La princesse se détermina pour celui
des Carmélites de Saint-Denis, qui étoit le
plus pauvre et le plus régulier de cet
ordre, aussi l'appeloit-on la trappe du
Carmel.

Elle y fit son entrée le mercredi 11 avril 1770. Ni la prieure ni les religieuses n'étoient prévenues de ses intentions. Le supérieur ecclésiastique de cette maison, qui seul les connoissoit, fit assembler toute la communauté dans le parloir, et lui annonça que la princesse entrée dans le couvent, n'y étoit venue que pour se faire carmélite. A l'instant la prieure, accompagnée de quelques religieuses, se rend au chœur, et madame Louise, dès qu'elle les aperçoit, se lève, les suit, entre dans l'assemblée, et, se jetant aux pieds des épouses de Jésus-Christ, qui se prosternent de leur côté, elle leur dit d'un ton ferme et affectueux : « Je vous supplie toutes, mesdames, de » me faire la grâce de me recevoir parmi » vous, de me regarder comme votre sœur, » d'oublier ce que j'ai été dans le monde, » et de prier Dieu pour le roi et pour moi. » Je désire de tout mon cœur d'être carmé- » lite, et je tâcherai avec la grâce de Dieu » et le secours de vos prières, de devenir » bonne carmélite. » Ensuite s'approchant des religieuses qui fondoient en larmes, elle les relève l'une après l'autre et les embrasse tendrement.

14 *

Ses plus grandes contrariétés, après qu'elle
eut été installée dans cette sainte maison,
étoient de voir que la communauté ne pouvoit se dépouiller d'un profond respect
pour son rang et sa naissance, et de ce
qu'on s'efforçoit d'adoucir pour elle les
austérités ordinaires; mais elle avoit trop
bien étudié la règle pour souffrir qu'on y
dérogeât le moins du monde en sa faveur.
Elle devint, au contraire, l'exemple des
autres novices et les encouragea par la
gaieté avec laquelle elle supportoit toutes les
incommodités de son nouvel état.

La princesse étant d'une foible constitu-
tion et sujette aux crachemens de sang, le
saint père, par un bref donné de son propre
mouvement, autorisa le confesseur de madame Louise à mitiger la règle, et même à
l'en dispenser quand il le jugeroit nécessaire
à la santé de sa pénitente. Le même bref ac-
cordoit à l'auguste novice une indulgence
toutes les fois qu'elle communieroit.

« Pour cette indulgence, s'écria-t-elle,
» j'en fais grand cas; pour l'autre, en santé,
» je n'en userai pas; et en maladie, je n'en
» ai nul besoin. » Ces sentimens étoient bien
ceux de son cœur, car elle parloit souvent

de sa félicité, jamais de ses sacrifices. Un jour, comparant son état actuel avec le genre de vie qu'on mène à la cour, elle disoit : « Comme nous avons nos observances ;
» la cour a aussi les siennes, mais bien
» plus dures que les nôtres. Par exemple,
» à cinq heures du soir, je vais à l'oraison ;
» à Versailles, il me falloit aller au jeu : à
» neuf heures la cloche m'appelle pour ma-
» tines; à Versailles, on m'avertissoit que
» c'étoit l'heure de la comédie. On n'est
» jamais en repos à la cour, quoiqu'on
» parcoure sans cesse le même cercle d'inu-
» tilités. »

Le 22 septembre 1771, l'archevêque de Paris reçut ses vœux, dont elle prononça la formule avec ce ton de voix vif et empressé qui est ordinairement l'expression d'un cœur satisfait. Huit jours après elle reçut le voile noir des mains de madame la comtesse de Provence. Le nonce, assisté de plusieurs évêques et d'un nombreux clergé, officia dans cette dernière cérémonie, qui, par ordre du roi, se fit avec autant de solennité que celle de la prise d'habit.

A peine eut-elle été attachée à l'état religieux par un engagement indissoluble,

que, malgré ses représentations et ses ins-
tances, elle fut nommée maîtresse des novices. Les tendres attentions d'une mère
n'égalent pas celles qu'elle prodiguoit à ces
jeunes vierges confiées à ses soins. Après
leur avoir donné les heures du jour, elle disposoit encore en leur faveur de celles de la
nuit, lorsqu'elle le croyoit utile.

C'étoit une bien douce jouissance pour sa
piété, lorsqu'elle accompagnoit aux pieds
des autels celles qu'elle avoit ainsi formées
aux vertus religieuses. Chez les Carmélites,
la novice qui doit faire profession passe, la
veille, une partie de la nuit en adoration
devant le saint Sacrement, accompagnée de
sa maîtresse. Madame Louise, dans une
de ces circonstances, souffroit beaucoup :
toute la communauté demanda qu'une
autre religieuse veillât en sa place. » Point
» du tout, mes chères sœurs, répondit-
» elle, c'est mon droit d'offrir mes enfans
» au Seigneur, et j'en suis trop jalouse
» pour qu'une fluxion m'empêche d'en
» jouir. »

Quatre ans après son entrée dans la maison de Saint-Denis, elle en fut élue prieure
par le suffrage unanime de cette commu-

nauté ; mais en cédant aux vœux de ses
pieuses compagnes, elle ne put s'empêcher
de les plaindre sincèrement par l'idée qu'elle
se formoit de sa propre insuffisance. Cependant la sagesse qu'elle déploya dans cette
fonction délicate, ne fit qu'augmenter la vé-
nération que l'on avoit pour elle, et, au bout
des trois années de son gouvernement, elle
fut réélue à la même unanimité.

D'une humeur constamment égale parmi
les peines et les contradictions inséparables
d'une communauté nombreuse, elle ne se
laissoit jamais aller au découragement. On
eût dit que le travail pénible de son emploi
ne lui coûtoit rien. Sa charité embrassoit
tout ; sa vigilance l'avertissoit de tout ; sa
prudence ménageoit tout, et son activité
suffisoit à tout.

Observatrice sévère de la règle, elle en
adoucissoit les rigueurs par sa manière de
la faire exécuter. Jamais il ne lui échappoit
une parole dure, toujours elle avoit pour les
religieuses le cœur et le ton d'une mère.
Celles qui, ayant à lui parler, n'avoient pu
le faire dans la journée, se rendoient le
soir auprès de la bonne prieure, qui se mon-

troit toujours disposée à les écouter aux dé-
pens de son sommeil.

Dans des besoins plus urgens ou plus con-
tinuels de ses filles, la tendre mère se sur-
passoit elle-même par ses attentions. A
l'infirmerie elle se considéroit comme la
première garde-malade, et ne vouloit pas
qu'une autre fît pour leur service ce qu'elle-
même pouvoit faire.

Après avoir été six ans supérieure, elle
fut chargée du temporel et de tous les soins
économiques de la maison. Elle sut encore
s'y faire admirer par l'ordre et l'exactitude
qu'elle mit dans la partie confiée à ses soins,
ainsi que par les utiles leçons d'économie
et de propreté qu'elle donnoit chaque jour
aux sœurs du voile blanc.

Au milieu de ses occupations elle portoit
toujours la sérénité sur le visage comme
dans le cœur. Même lorsque de justes sujets de chagrin auroient pu l'affliger, on ne
lui voyoit jamais de tristesse. « Réjouissons-
» nous, disoit-elle à ses filles ; c'est le pré-
» cepte de saint Paul, et je trouve que la
» gaieté dore la pilule de l'austérité. »

On ne pouvoit attribuer cette gaieté constante qu'à l'état heureux d'une conscience

sans reproche et aux sentimens affectueux
dont son cœur étoit toujours rempli. En
quittant le monde elle avoit apporté au Carmel cette inclination bienfaisante qui l'avoit
fait chérir à la cour. Aussi étoit-elle sans
cesse assiégée de sollicitations de tout genre,
dont elle ne pouvoit se résoudre à se dé-
barrasser quoiqu'elles la fatiguassent exces-
sivement.

L'humilité étoit sa vertu favorite, celle
qui imprimoit, pour ainsi dire, son caractère à toutes les autres. Rien ne la contra-
rioit davantage que les attentions et les
égards qu'on lui marquoit. Elle s'en affli-
geoit parfois jusqu'à répandre des larmes.
« Je voudrois n'avoir jamais été fille de
roi, écrivoit-elle à la prieure d'un monastère de son ordre ; il me semble que
j'en serois meilleure carmélite, du moins
n'aurois-je point le chagrin d'être prieure :
car c'est bien madame Louise qu'on a réélue
et non la sœur Thérèse de Saint-Augustin,
n'en déplaise aux consciences de nos chères
sœurs.

Quoique toute sa vie fût une préparation
continuelle à comparoître devant le tribunal
de Dieu, elle s'en occupoit plus particu-

lièrement chaque année au mois de décembre, par des exercices de piété analogues à cet important objet. Ce fut aussi vers cette époque que Dieu, par une faveur visible, la retira de ce monde, avant qu'il eût permis au démon de l'impiété de rompre entièrement les digues qui jusqu'alors l'avoient contenu.

Le 11 novembre 1787, elle tomba tout-à-coup malade, en apprenant la nouvelle d'une de ces fausses mesurés conseillées au roi par des hommes qui n'aspiroient à la ruine de la religion que pour faire tomber ensuite les débris du trône parmi ceux de nos temples. Madame Louise vit d'un seul coup-d'œil tous les maux qui menaçoient l'église et la France. Son ame ne put en soutenir l'idée, et sa santé en reçut une atteinte mortelle.

Le siége de son mal étoit à l'estomac. Il s'annonça bientôt par une enflure considérable, qui lui causoit par intervalle des douleurs aiguës. Quelques remédes simples lui procurèrent un soulagement momentané; mais elle ne s'abusa pas sur sa situation, et ne manifesta pas le moindre trouble, lorsque son mal revint avec une

violence qui donna de sérieuses inquié-
tudes à toute la communauté. Chaque jour
ses forces diminuoient, sans qu'elle parût
en éprouver d'autre sentiment que celui
d'une pure satisfaction.

La veille même de sa mort, elle fit
venir près d'elle une jeune religieuse qu'elle
affectionnoit beaucoup, et lui dit avec le
ton de la joie, comme si elle eût annoncé
la plus heureuse nouvelle : « Adieu donc,
» Séraphine, c'est tout de bon que je
» m'en vais. — Eh! où allez-vous donc,
» ma mère, s'écria la sœur en fondant
» en larmes ? — Gardez - vous de me
» plaindre, continua la malade; je croyois
» que le bon Dieu me réservoit encore bien
» des peines et des croix, et voici que par
» sa miséricorde, tout est fini. J'ai la con-
» fiance qu'il me donnera son paradis. Ne
» suis-je donc pas bienheureuse? Non, je
» n'aurois jamais cru qu'il fût si doux de
» mourir. »

Sentant sa fin approcher, elle pressa
vivement les religieuses qui l'entouroient
pour qu'on allât chercher le saint viatique. Sa crainte étoit extrême de ne
pouvoir le recevoir à temps; mais elle

eut ce bonheur et s'écria dans un pieux transport : « Il est donc arrivé , ô mon » divin époux ! il est arrivé ce moment : ô » mon Dieu , qu'il est doux de vous sacri- » fier sa vie ! »

Elle demanda aussi l'extrême-onction, tandis qu'elle étoit encore en pleine con- noissance , et s'unit à celles qui lui récitè- rent les prières des agonisans. Un moment avant sa mort , elle s'écria : « Il est donc » temps ! » Quelques instans après : « Allons , levons-nous ; hâtons-nous d'al- » ler en paradis. » Ce furent ses dernières paroles. Elle expira presqu'aussitôt d'une mort douce et paisible, le 25 décembre 1787, à quatre heures et demie du ma- tin; heureuse de n'avoir point assez vécu pour être témoin des crimes de la révo- lution, pour se voir arracher avec vio- lence du saint asile qu'elle avoit choisi, et pour tomber au pouvoir des bourreaux de sa famille ! Dieu avoit sans doute agréé les nombreux sacrifices de cette seconde Thérèse, puisqu'il n'attendit pas pour l'appeler à lui qu'elle en eût ac- compli de plus rigoureux. Adorons sa miséricorde et chérissons de plus en plus l'auguste race qui nous offre tant d'admirables modèles de toutes les vertus chrétiennes.

MARIE-ANTOINETTE,

REINE DE FRANCE.

Morte le 16 octobre 1793.

Qui peut maintenant ignorer une seule des particularités de la vie de l'auguste épouse du roi-martyr, de cette reine que les plus épouvantables malheurs ne purent abattre, parce qu'elle avoit la foi pour guide et pour soutien ? Nous nous bornerons à retracer, non les pompes éclatantes qui signalèrent son arrivée en France, lorsqu'elle y vint épouser Louis XVI, alors dauphin, non les témoignages d'amour et de respect dont elle fut d'abord environnée, et dont ses vertus la rendoient si digne ; mais l'époque de son plus beau triomphe, celle où dépouillée de tout l'entourage de la grandeur souveraine, elle sut conquérir par son seul mérite une illustration dont il n'est plus au pouvoir des hommes de priver sa mémoire.

Les progrès de l'impiété avoient depuis long-temps disposé les esprits à secouer le joug de toute espèce d'autorité, lorsque la grande conspiration ourdie contre l'autel et le trône commença d'éclater par les premiers actes de violence ; mais pour parvenir à égarer un peuple essentiellement bon et naturellement affectionné à ses rois, il falloit répandre tous les poisons de la calomnie ; on n'épargna rien pour rendre la reine odieuse à la nation , parce que l'on redoutoit l'ascendant que ses qualités brillantes lui donnoient sur le cœur de son époux. Ces manœuvres perfides n'eurent que trop de succès. Au lieu des marques d'amour et de respect qu'elle avoit coutume de recevoir dans les cérémonies publiques , elle n'entendit plus que des injures et des menaces. Sa fierté en fut blessée, mais sans rien lui ôter de son courage. En vain la pressa-t-on de mettre ses jours en sûreté ; elle déclara que rien au monde ne pourroit la déterminer à quitter le roi et ses enfans,

15 *

et qu'elle étoit prête à périr au milieu d'eux.

Les affreuses journées des 5 et 6 octobre vinrent bientôt prouver qu'elle étoit capable d'accomplir cette généreuse résolution. Une troupe d'assassins se dirige sur Versailles, investit le château, massacre de fidèles gardes-du-corps, dont l'un, placé dans l'anti-chambre de la reine, donne par son héroïque dévouement le temps à cette princesse de se réfugier dans l'appartement du roi. Les meurtriers, se voyant trompés dans leur attente, exigent que le roi revienne au milieu d'eux à Paris. Ce monarque, prêt à tous les sacrifices pour éviter les actes de violence, se montre de lui-même au balcon du palais et annonce qu'il est disposé à partir pour Paris. La reine prend ses enfans dans ses bras et se montre à son tour au même balcon. *Point d'enfans*, lui crie-t-on avec fureur. Elle comprend aussitôt le sens de cet ordre sinistre, dépose ses enfans dans une pièce voisine, reparoît seule, promène majestueusement ses regards sur cette multitude féroce, en impose par la fermeté de sa contenance, et force à l'applaudir ceux-là même qui sont venus pour l'égorger.

Quelques jours après ces horribles attentats, les juges du Châtelet, voulant informer contre les coupables, se présentèrent au palais des Tuileries pour recevoir les dépositions de la reine. « J'ai tout vu, » leur dit-elle, j'ai tout su et j'ai tout » oublié. » Le caractère de cette princesse s'élevoit et s'agrandissoit à mesure que ses persécuteurs s'acharnoient de plus en plus contre elle. Tous les gens de bien l'admiroient ; mais c'étoit ce qui redoubloit plus encore la fureur de ses ennemis.

Le mauvais succès de la fuite du roi et de sa famille, et leur arrestation à Varennes ne firent qu'empirer leur position. Ramenés encore une fois aux Tuileries, ils y furent traités en prisonniers : des sentinelles, placées dans l'intérieur des appartemens, observoient jour et nuit toutes les démarches des augustes captifs. La reine elle-même n'étoit pas exempte d'une semblable humiliation ; mais ce n'étoit pas la dernière qui lui fût réservée.

Le 20 juin 1792, vingt mille brigands, armés de piques, se présentèrent à la séance de l'assemblée législative, défilèrent dans la salle, aux applaudissemens d'une partie des députés, et se précipitèrent de là sur le château en demandant à grands cris la tête de la reine. Quelques-uns de ces scélérats, ayant pris pour elle madame Elisabeth, alloient massacrer cette princesse sans qu'elle essayât de les désabuser, lorsque quelqu'un les fit apercevoir de leur méprise.

Pendant ce temps, Marie-Antoinette étoit dans une chambre voisine, tenant ses enfans entre ses bras et les inondant de ses larmes. Les serviteurs dévoués qui l'entouroient eurent beaucoup de peine à la retenir. « Mon devoir, s'écria-t-elle, » est de mourir auprès du roi ; m'empêcher » de le rejoindre, c'est vouloir que je flétrisse mon nom. »

La présence de quelques gardes nationaux fidèles, ayant enfin inspiré un peu de crainte aux brigands, la reine prit ses enfans par la main et alla rejoindre avec eux son époux. Placée ainsi que lui derrière une table qui servoit de bar-

rière contre la multitude, ils virent défi-
ler devant eux toute cette vile populace,
sans donner aucun signe d'effroi. L'un
des commissaires, envoyé par l'assemblée législative après cette affaire, ayant
dit insolemment à la reine : « Conve-
» nez que vous avez eu bien peur. —
» Non, monsieur, lui répondit-elle avec
» calme ; mais j'ai beaucoup souffert d'être
» séparée du roi, pendant que ses jours
» étoient en danger. Du moins, j'avois
» la consolation de remplir un de mes de-
» voirs auprès de mes enfans. — Con-
» venez pourtant, reprit le même député,
» que le peuple est bien bon. — Le roi
» et moi, répondit encore Marie-Antoi-
» nette, sommes persuadés de la bonté
» naturelle du peuple ; il n'est méchant
» que lorsqu'on l'égare. »

Le 10 août suivant, une nouvelle at-
taque fut dirigée contre les Tuileries.
Dans cette sanglante journée la reine ne
démentit point son noble caractère. Forcée
de suivre le roi qui, malgré ses conseils,
voulut se réfugier dans le sein de l'assemblée, elle se vit enfermée pendant
trois jours dans l'étroite loge du logo-

graphe, d'où elle ne sortoit que le soir
pour aller, avec la famille royale, cou-
cher dans une cellule de l'ancien couvent
des Feuillans. Il falloit chaque fois tra-
verser une haie de furieux qui prodiguoient
les insultes les plus grossières à ces mal-
heureuses victimes de l'esprit de révolte
et de faction. Un jeune homme alla jusqu'à
mettre le poing sous le nez de la reine, en
lui disant : « Infâme, tu voulois faire bai-
» gner les Autrichiens dans notre sang; tu
» le paieras de ta tête. »

Placés trois jours après sous la garde
de la commune de Paris, alors composée
de jacobins effrénés et d'hommes de la
dernière classe du peuple, le roi, la
reine, leurs enfans et madame Elisabeth,
furent enfermés dans la tour du Temple,
où l'on sembla prendre à tâche de mettre
incessamment sous leurs yeux l'image du
supplice qui leur étoit réservé. Le fidèle
Hue, valet de chambre du roi, avoit
seul obtenu de s'enfermer dans la prison
avec lui, et il étoit chargé de tout le service des augustes prisonniers. Il ne tarda
pas à tomber malade, et l'on vit alors
les princesses faire elle-mêmes les lits,

balayer les chambres et raccommoder leurs habits. Marie-Antoinette se prêtoit sans répugance à ces tristes occupations.

Les cruels municipaux devenus geoliers de la famille royale, virent bien qu'il falloit d'autres armes pour abattre cette grande ame. La séparation de la famille royale fut résolue ; mais avant qu'on ne l'effectât, les prisons de Paris devinrent le théâtre des horribles massacres de septembre.

Une troupe de Cannibales se présenta au Temple, traînant avec elle le corps sanglant de madame de Lamballe et portant au bout d'une pique la tête de cette malheureuse princesse, dont le seul crime étoit d'avoir eu part à l'amitié de la reine. Les assassins présentèrent cette tête livide à la croisée d'une chambre où ils supposoient que dînoit la reine ; mais la famille royale venoit, un instant auparavant, de passer dans une autre pièce.

Voyant leur but manqué, ils voulurent pénétrer de force dans la prison, ce que les municipaux de service empêchèrent ; ils furent néanmoins contraints de souffrir que quatre députés de cette troupe

féroce entrassent sous prétexte de s'assurer
si la famille royale étoit encore au Temple
et pour l'obliger à se montrer à la croisée.
Quand ils furent introduits, l'un d'eux dit
à la reine : « Nous voulions te faire voir
» la tête de la *Lamballe*, pour te mon-
» trer comment le peuple se venge des
» tyrans. »

A ces mots, la reine tomba évanouie ;
toute la famille fondant en larmes, s'empressa autour d'elle ; et ce ne fut qu'a-
près avoir joui quelque temps de ce déchirant spectacle, que les monstres qui
l'avoient causé, consentirent à se retirer.

Le calme s'étant rétabli, la famille royale
reprit ses paisibles occupations. Celles de
Marie-Antoinette consistoient principalement
dans les leçons qu'elle donnoit à sa fille.
Elle s'attachoit sur-tout à former son jeune
cœur à la vertu et à les fortifier contre le
malheur par les motifs consolans de la
religion. Le soir, c'étoit encore avec elle
que le jeune prince, son fils, récitoit ses
prières. Elle lui en avoit apprise une particulière pour madame la princesse de
Lamballe, et une autre pour la conserva-
tion des jours de la marquise de Tourzel,

qui avoit été gouvernante des enfans de
France.

On ne les laissa pas long-temps jouir
de cette sorte de tranquillité : le 29 septembre, le roi fut séparé de sa famille
et placé dans la grande tour. La reine et
les princesses se jetèrent aux genoux des
municipaux, pour obtenir du moins d'être
avec le roi pendant quelques instans du
jour et à l'heure des repas. Leurs cris
de douleur émurent jusqu'à leurs féroces
gardiens. « Hé bien, dit l'un d'eux, ils
» dîneront ensemble aujourd'hui. » On
servit chez le roi, où sa famille se rendit ;
et par les sentimens qu'elle fit éclater,
on peut juger des craintes qui l'avoient agitée. A dater de ce jour, ils continuèrent de
se réunir pour les repas, ainsi que pour la
promenade.

Les travaux qu'on avoit jugé à propos
de faire dans la prison étant terminés, la
reine fut logée dans la grande tour, immédiatement au-dessus de l'appartement du
roi; mais comme si on eût voulu la punir
de cette espèce d'adoucissement, on la
priva le même jour du dauphin, pour le
remettre entre les mains de son père.

La reine obtint alors quelques livres ;
notamment l'*Imitation de Jésus-Christ*, et
un bréviaire à l'usage du diocèse de Paris ,
car on avoit refusé de laisser dire la messe
au Temple , et il ne lui restoit que cette
ressource pour suppléer à la privation du
saint sacrifice.

Enfin, commença le procès du roi ; et,
dès ce moment, cet infortuné monarque
fut entièrement séparé de sa famille. On
eût consenti à lui laisser ses enfans , mais
à condition que ceux‑ci ne reverroient
plus leur mère. Placé dans cette cruelle
alternative, Louis voulut épargner à la
reine un si grand sujet de douleur, et il ne
vit plus personne des siens jusqu'au 20
janvier.

Le roi étoit condamné. Tout autre espoir
que celui de l'éternité étoit anéanti pour
lui, lorsqu'il obtint de pouvoir se réunir
encore quelques instans à sa famille, et de
lui faire ses adieux. A huit heures et demie,
la porte de son cabinet s'ouvrit : la reine
parut la première, tenant son fils par la
main ; ensuite madame royale, sa fille, et
madame Elisabeth : tous se précipitèrent
dans les bras du roi. Un morne silence

régna pendant quelques minutes, et ne fut
interrompu que par des sanglots. La reine
fit un mouvement pour entraîner sa majesté vers sa chambre. « Non, dit le roi
» passons dans cette salle, je ne puis vou-
» voir que là. » Ils y entrèrent, séparé
seulement des commissaires de la commun
par une porte vitrée. Le roi s'assit, la rein
à sa gauche, madame Elisabeth à sa droite
madame royale presqu'en face, et le jeun
prince resta debout entre les jambes d
roi : tous étoient penchés vers lui, et l
tenoient souvent embrassé. Cette scène d
douleur dura sept quarts-d'heure, pendan
lesquels il fut impossible aux personne
placées en dehors de rien entendre. O
voyoit seulement qu'après chaque phras
du roi, les sanglots des princesses redou
bloient pendant quelques minutes, e
qu'ensuite le roi recommençoit à parler
Il fut aisé de juger à leurs mouvemen
et à l'expression de leurs figures, que
lui-même leur avoit appris sa condamna
tion.

A dix heures un quart, le roi se lev
le premier, et toute sa famille le suivit. Il
firent quelques pas vers la porte d'entrée

en poussant les gémissemens les plus douloureux. « Je vous assure, leur dit le roi,
» que je vous verrai demain, à huit
» heures. — Vous nous le promettez,
» s'écrièrent-ils tous ensemble. — Oui,
» je vous le promets. — Pourquoi pas à
» sept heures ? dit la reine. — Eh bien,
» oui, à sept heures, » répondit le roi ;
puis il ajouta avec l'accent le plus expressif :
Adieu !

L'auguste fille de Louis XVI fut si
frappée de ce mot qu'elle tomba évanouie
aux pieds de son père. M. Cléry, qui
avoit remplacé M. Hue dans ses fonctions
de valet de chambre du roi, releva la
jeune princesse et aida madame Elisabeth
à la soutenir. Le roi voulant mettre fin
à une scène aussi déchirante, donna aux
princesses les plus tendres embrassemens,
et eut la force de s'arracher de leurs
bras.

Rentrées dans leur cachot, les augustes
prisonnières se livrèrent sans témoins à la
plus affreuse douleur. La reine n'eut pas
la force de déshabiller son fils, ainsi qu'elle
le faisoit tous les soirs ; elle se jeta toute
vêtue sur son lit, sans songer au froid qui

étoit alors très-vif. A six heures du matin
on vint ouvrir la porte, et demander un
livre pour la messe du roi. La reine crut
que l'on alloit la faire descendre, et pendant quelque temps, elle conserva l'espoir
de revoir encore une fois son époux ; mais
elle demeura dans cette anxiété jusqu'à
neuf heures, que le bruit des tambours et
des trompettes vint l'avertir que le roi
étoit parti de la tour... Une heure après,
les salves d'artillerie lui annoncèrent qu'elle
étoit veuve !

Dès que ce grand crime fut consommé,
la reine fit demander des habits de deuil
pour elle et pour ses enfans. On lui accorda cette triste faveur ; mais ce fut pour
la lui faire payer par une foule de privations et d'injures. Marie-Antoinette changea
bientôt à vue d'œil ; elle étoit fréquemment
agitée de convulsions douloureuses, mais
ce n'étoit pas son sort qui l'inquiétoit :
elle n'espéroit pas, elle ne désiroit pas
même d'échapper au fer de ses bourreaux.

Quelques jours après, ses craintes les
plus vives commencèrent à se réaliser :
on vint arracher de ses bras le jeune roi ,

16*

son fils, pour le livrer à un instituteur
bien digne des monstres qui opprimoient
alors la France au nom de la liberté. Le
féroce Simon, cordonnier de profession,
membre de la municipalité de Paris, et
l'un des gardiens du feu roi, fut choisi
pour être le gouverneur du fils de Louis
XVI.

Enfin, le 5 août 1793, une horde de
cannibales vint chercher la reine au Temple
et l'arracha brutalement des bras de sa
fille et de sa belle-sœur. Une voiture étoit
préparée pour la conduire à la conciergerie,
dont le concierge nommé Richard se récria
d'abord sur ce qu'aucune chambre n'étoit
préparée : « Qu'importe, répondit un des
» chefs de l'escorte, le cachot le plus in-
» fect, quelques bottes de paille pour son
» lit, en voilà plus qu'il n'en faut !

Malgré cet ordre barbare, la reine fut
traitée par Richard avec plus d'humanité
qu'elle n'auroit dû en attendre d'un homme
de cette profession. Il lui donna une
chambre près de la chapelle de la prison.
Cette pièce avoit été autrefois séparée en
deux parties par une cloison dont il ne
subsistoit plus que deux extrémités. Le

concierge ferma le milieu avec un mauvais paravent ; il plaça dans l'une des deux parties un lit passable pour la reine, et deux gendarmes veilloient constamment dans l'autre.

Dans cette situation, rendue plus cruelle encore par l'incertitude où elle étoit sur ses enfans, Marie-Antoinette ne trouva de force que dans la religion. Elle se préparoit souvent par des prières à la mort qui lui étoit réservée, et qu'elle ne craignoit plus, depuis que son auguste époux lui en avoit ouvert si courageusement le chemin.

Le Ciel parut s'adoucir un moment en sa faveur, en intéressant à son sort, non-seulement le concierge et sa femme, mais encore l'un des municipaux chargé de la surveiller. Cet administrateur, nommé Michonis, paya bientôt de sa tête les foibles consolations qu'il avoit pu procurer à la reine ; le concierge Richard fut arrêté et demeura long-temps sous le poids d'une accusation capitale. Enfin, la convention, altérée du sang royal, donna ordre, le 3 octobre, au tribunal révolutionnaire, de s'occuper *sans délai et sans interruption du procès de la veuve Capet.*

Pendant trois jours que durèrent les débats de cet horrible procès, l'auguste victime n'eut pas un moment de repos. Ses bourreaux redoutant l'effet de son grand caractère, avoient voulu épuiser ses forces pour profiter de l'accablement où ils espéroient la faire tomber ; mais soutenue par cet espoir que la Foi seule peut donner, elle conserva dans toutes ses réponses cette majesté de l'innocence, qui eût fait triompher sa cause devant un tribunal moins pervers. L'acte d'accusation de la reine es un des monumens les plus atroces de l'audace révolutionnaire : quelques extraits feront juger à quels excès de scélératesse et de férocité peuvent se porter les hommes, lorsqu'ils ont abjuré tout sentiment de morale et de religion.

« L'accusateur public (Fouquier-Tinville) expose que, suivant un décret du premier août dernier, Marie-Antoinette, veuve de Louis Capet, a été traduite au tribunal révolutionnaire, comme prévenue d'avoir conspiré contre la France; que par un autre décret de la convention nationale, du 3 octobre, il a été dit que le tribunal révolutionnaire s'occuperoit sans délai et sans in-

terruption du jugement ; que l'accusateur
public a reçu les pièces concernant la veuve
Capet, les 19 et 20 du premier mois de la
seconde année, vulgairement dits 11 et 12
octobre présent mois, qu'il a été aussitôt
procédé par l'un des juges du tribunal à
l'interrogatoire de la veuve Capet ; que,
examen fait de toutes les pièces transmises
par l'accusateur public, il en résulte qu'à
l'instar de Messaline, Brunehaut, Frédé-
gonde et Médicis, que l'on qualifioit autrefois reines de France, et dont les noms à
jamais odieux ne s'effaceront jamais des
fastes de l'histoire, Marie-Antoinette, veuve
de Louis Capet, a été depuis son séjour
en France le fléau et la sangsue du Français ; qu'avant même l'heureuse révolution
qui a rendu au peuple français sa souverai-
neté, elle avoit des rapports politiques
avec l'homme qualifié de roi de Bohême et
de Hongrie ; que ces rapports étoient con-
traires aux intérêts de la France ; que non
contente, de concert avec les frères de Louis
Capet, et l'infâme et exécrable Calonne,
lors ministre des finances, d'avoir dilapidé
d'une manière effroyable les finances de
France, fruit des sueurs du peuple, pour

satisfaire à des plaisirs désordonnés, et payer
les agens de ces intrigues criminelles.........

En second lieu, d'avoir, conjointement
avec Louis Capet, fait imprimer et distri-
buer avec profusion dans toute l'étendue
de la république, des ouvrages contre-révolutionnaires....

Qu'à peine arrivée à Paris, la veuve
Capet, fertile en intrigues de tout genre,
a formé des conciliabules composés de tous
les contre-révolutionnaires et intrigans des
assemblées constituante et législative, qui se
tenoient dans les ténèbres de la nuit ; que
l'on y avisoit aux moyens d'anéantir les
droits de l'homme, et les décrets déjà ren-
dus, qui devoient faire la base de la cons-
titution ; que c'est dans ces conciliabules
qu'il a été délibéré sur les mesures à
prendre pour faire décréter la révision des
décrets qui étoient favorables au peuple ;
qu'on a arrêté la fuite de Louis Capet, de
la veuve Capet et de toute la famille sous
des noms supposés, au mois de juin 1791,
tentée tant de fois et sans succès à différentes époques ; que la veuve Capet con-
vient dans son interrogatoire que c'est elle
qui a tout ménagé et tout préparé pour ef-

fectuer cette évasion, et que c'est elle qui
a ouvert et fermé les portes de l'appartement par où les fugitifs sont passés ; qu'indépendamment de l'aveu de la veuve Capet
à cet égard, il est constant d'après les dé-
clarations de Louis-Charles Capet, et de la
fille Capet.....

Que c'est la veuve Capet, d'intelligence
avec la faction liberticide qui dominoit alors
l'assemblée législative, et pendant un temps
la convention, qui a fait déclarer la guerre
au roi de Bohême et de Hongrie, son frère;
que c'est par ses manœuvres et intrigues,
toujours funestes à la France, que s'est
opérée la première retraite des Français du
territoire de la Belgique....

Que c'est aux intrigues et manœuvres
perfides de la veuve Capet, d'intelligence
avec cette faction liberticide dont il a été
déjà parlé, et tous les ennemis de la république, que la France est redevable de cette
guerre intestine qui la dévore depuis si
long-temps, et dont heureusement la fin
n'est pas plus éloignée que celle de ses auteurs.

Que dans tous les temps, c'est la veuve
Capet, qui, par cette influence qu'elle avoit

acquise sur l'esprit de Louis Capet, lui avoit insinué cet art profond et dangereux de dissimuler et d'agir, et promettre par des actes publics le contraire de ce qu'il pensoit et tramoit conjointement avec elle dans les ténèbres pour détruire cette liberté si chère aux Français, et qu'ils sauront conserver, et recouvrer ce qu'ils appeloient la plénitude des prérogatives royales....

Qu'enfin, la veuve Capet..... La plume se refuse de retracer les horreurs entassées dans cet acte d'iniquité, dans lequel les bourreaux de nos rois osèrent accuser l'auguste Marie-Antoinette d'avoir profané ses droits sacrés de mère.

La reine qui jusqu'alors avoit répondu avec douceur et modération à toutes les demandes qu'on lui avoit faites, fut tellement indignée d'une accusation aussi atroce, qu'elle ne put s'empêcher d'y répondre avec énergie. « La nature, s'écria-t-elle, frémit » à une telle accusation faite à une mère; » j'interpelle toutes celles qui sont ici pré- » sentes de déclarer s'il en est une qui n'ait » pas à frémir de pareilles horreurs. »

La reine étoit évidemment innocente ; il falloit évidemment commettre l'injustice la plus criante pour la condamner, mais ses juges avoient reçu l'ordre de la trouver coupable, et ils la condamnèrent à mort *à l'unanimité* (1). Elle entendit son arrêt, sans montrer aucun effroi, le 16 octobre 1793, à quatre heures du matin. A son retour dans la prison, elle écrivit à madame Elisabeth la lettre touchante qui a été découverte il y a peu d'années dans les papiers du conventionnel Courtois. Elle annonçoit par cette lettre l'intention formelle de refuser les secours qui pourroient lui être offerts par des prêtres assermentés,

(1) Retracer les dépositions des divers témoins qui furent entendus, ce seroit présenter à nos lecteurs le plus hideux tableau. Nous nous bornerons à citer une seule de ces dépositions; elle nous prouvera que quand les hommes osent déclarer la guerre à Dieu même et à son Christ, on ne doit pas s'étonner qu'ils déploient contre leurs princes et leurs concitoyens une rage infernale.

Hébert vint déposer : « qu'en sa qualité de membre de la commune du 10 août, il fut chargé de différentes missions importantes qui lui ont prouvé la *conspiration* de Marie-Antoinette; notamment un jour au Temple, il a trouvé un livre d'église à elle appartenant, dans lequel étoit un de ces signes contre-révolutionnaires, consistant en un cœur enflammé, traversé par une flèche, sur lequel étoit écrit : *Jesu, miserere nobis.*

17

voulant mourir dans le sein de l'église catholique et dans les principes orthodoxes (1)

Le 16 Octobre , à quatre heures et demie du matin.

(1) » C'est à vous , ma sœur, que j'écris pour la
dernière fois ; je viens d'être condamnée, non pas
à une mort honteuse , elle ne l'est que pour les
criminels, mais à aller rejoindre votre frère. Comme
lui innocente , j'espère montrer la même fermeté
que lui dans ses derniers momens. Je suis calme
comme on l'est quand la conscience ne reproche
rien. J'ai un profond regret d'abandonner mes
pauvres enfans , vous savez que je n'existe que pour
eux et vous , ma bonne et tendre sœur ; vous qui
avez , par votre amitié, tout sacrifié pour être avec
nous. Dans quelle position je vous laisse ! J'ai appris
par le plaidoyer même du procès, que ma fille
étoit séparée de vous. Hélas! la pauvre enfant,
je n'ose pas lui écrire, elle ne recevroit pas ma
lettre. Je ne sais pas même si celle-ci vous par-
viendra. Recevez , pour eux deux, ici, ma bénédiction : j'espère qu'un jour , lorsqu'ils seront plus
grands, ils pourront se réunir avec vous , et jouir
en entier de vos tendres soins.

» Qu'ils pensent tous deux à ce que je n'ai
cesser de leur inspirer; que les principes et l'exécution exacte de ses devoirs sont la première base
de la vie; que leur amitié et leur confiance
mutuelle en fera le bonheur; que ma fille sente
qu'à l'âge qu'elle a , elle doit toujours aider son
frère par les conseils que l'expérience qu'elle aura
de plus que lui et son amitié pourront lui inspirer;
que mon fils, à son tour , rende à sa sœur tous les
soins , les services que l'amitié peut inspirer; qu'ils

qu'elle avoit professés toute sa vie. Sa généreuse résolution ne demeura pas sans ré-
sentent enfin tous deux que, dans quelque position où ils pourront se trouver, ils ne seront
vraiment heureux que par leur union ; qu'ils pren-
nent exemple de nous. Combien, dans nos malheurs,
notre amitié nous a donné de consolation ! Et, dans
le bonheur, on jouit doublement quand on peut
le partager avec un ami ; et où en trouver de plus
tendre, de plus cher, que dans sa propre famille ?
Que mon fils n'oublie jamais ces derniers mots
de son père, que je lui répète expressément :
« Qu'il ne cherche point à venger notre mort. »

» J'ai à vous parler d'une chose bien pénible
à mon cœur ; je sais combien cet enfant doit vous
avoir fait de la peine ; pardonnez-lui, ma chère
sœur ; pensez à l'âge qu'il a, et combien il est
facile de faire dire à un enfant ce qu'on veut et
même ce qu'il ne comprend pas. Un jour viendra,
j'espère, où il ne sentira que mieux le prix de
votre bonté et de votre tendresse pour tous deux.
Il me reste à vous confier encore mes dernières
pensées : j'aurois voulu les écrire dès le commencement du procès, mais, outre qu'on ne me laissoit
pas écrire, la marche en a été si rapide, que je
n'en aurois pas réellement eu le temps.

» Je meurs dans la religion catholique, aposto-
lique et romaine ; dans celle de mes pères, dans
celle où j'ai été élevée et que j'ai toujours professée ;
n'ayant aucune consolation spirituelle à attendre,
ne sachant pas s'il existe ici des prêtres de cette
religion, même le lieu où je suis devant trop les
exposer s'ils y entroient une fois.

compense ; car un ecclésiastique fidèle (1)
trouva moyen de pénétrer dans sa prison;
et, malgré les périls qui le menaçoient, il
lui procura les secours puissans de notre

» Je demande sincèrement pardon à Dieu de
toutes les fautes que j'ai pu commettre depuis que
j'existe. J'espère que dans sa bonté il voudra bien
recevoir mes derniers vœux, ainsi que ceux que je
fais depuis long-temps, pour qu'il veuille bien
recevoir mon ame dans sa miséricorde et sa bonté.
Je demande pardon à tous ceux que je connois,
à vous, ma sœur, en particulier, de toutes les
peines que sans le vouloir j'aurois pu vous causer ;
je pardonne à tous mes ennemis le mal qu'ils m'ont
fait ; je dis ici adieu à mes tantes et à tous mes frères
et sœurs. J'avois des amis ; l'idée d'en être séparée
et leurs peines sont un des plus grands regrets que
j'emporte en mourant ; qu'ils sachent du moins que
jusqu'à mon dernier moment j'ai pensé à enx.

» Adieu, ma bonne et tendre sœur ; puisse cette
lettre vous arriver ! Pensez toujours à moi ; je vous
embrasse de tout mon cœur, ainsi que mes pauvres
et chers enfans. Mon Dieu ! qu'il est déchirant de
les quitter pour toujours ! adieu ! adieu ! je ne vais
plus m'occuper que de mes devoirs spirituels. Comme
je ne suis pas libre dans mes actions, on m'amenera
peut-être un prêtre (assermenté) ; mais je proteste
ici que je ne lui dirai pas un seul mot, et que je
le traiterai comme un être absolument étranger. »

(1) M. l'abbé Magnin, actuellement curé de
Saint-Germain-l'Auxerrois.

sainte religion qui l'aidèrent à marcher sans
crainte au supplice. Jamais Marie-Antoinette, au temps même du plus grand éclat
de sa puissance, n'avoit montré autant de
grandeur et de majesté que lorqu'elle tra-
versa tout Paris, montée sur une infâme
charrette, comme le dernier des criminels.
Les vociférations et les outrages d'une populace en délire ne purent l'émouvoir; la
vue même de cet échafaud, déjà arrosé du
sang de Louis XVI, ne put abattre son courage. Elle y monta d'un pas ferme et assuré,
regarda pendant quelques momens les arbres
des Tuileries qui lui rappeloient sans doute
de cruels souvenirs..... La hache tombe, et
la fille des Césars a cessé d'exister !......

Exemple terrible de la fragilité des grandeurs humaines, Marie-Antoinette perdit
successivement le trône, la liberté, son
époux, la vie même; du comble de la pros-
périté elle descendit au comble de la misère; de tous les biens qu'elle avoit possé-
dés, il ne lui resta que la *Foi* dans la parole
de Dieu, et l'*Espérance* dans ses promesses.
Trésors inestimables que ne purent lui enlever ses bourreaux et qui changèrent pour elle
un jour de mort en un jour de délivrance.

17*

ELISABETH DE FRANCE.

SŒUR DE LOUIS XVI.

Morte le 10 Mai 1794.

FILLE de Louis, Dauphin de France, et de Marie Joseph de Saxe, madame Elisabeth, née le 23 Mai 1764, perdit à trois ans les vertueux auteurs de ses jours. Privée de si bonne heure du sentiment délicieux de l'amour filial, son cœur s'ouvrit avec plus de vivacité aux charmes de la tendresse fraternelle; les trois jeunes princes ses frères partagèrent toute son affection; mais on la vit s'attacher plus intimement au duc de Berri, depuis Louis XVI, et l'avenir prouvera combien son ame étoit susceptible de l'héroïsme de l'amitié.

La jeune Princesse avoit reçu de ses augustes parens la droiture de cœur, la justesse d'esprit, la fermeté d'ame et le noble penchant à la bienfaisance qui sembloient innés en eux; mais on remarquoit aussi chez elle des défauts qui, s'ils n'eussent pas été réprimés, auroient pu faire le malheur de sa vie. Fière de la longue suite des rois ses aïeux, elle eût voulu que tout eût plié devant elle, et sa vivacité étoit si grande que, dans son enfance, la moindre contradiction l'excitoit à la colère. Il appartenoit à madame de Marsan et à madame de Makau, gouvernante et sous-gouvernante des enfans de France, de plier ce caractère impétueux, d'y démêler et d'en faire ressortir ces germes précieux de tant de vertus qu'on a depuis si justement admirées.

En obtenant sur l'esprit de leur élève un empire que personne n'avoit eu jusqu'alors, ces dames eurent l'art de s'en faire aimer avec une extrême tendresse. Par leurs soins éclairés, madame Elisabeth changea tout-à-coup; et faut-il s'en étonner? la religion, la connoissance de sa doctrine, l'amour de ces principes fournirent à la jeune princesse les moyens de combattre son penchant à la vanité, et surtout à la colère. Sans perdre le ton

...e dignité qui convenoit à son rang, elle
sut le tempérer par une aménité qui lui
gagnoit tous les cœurs.

N'ayant encore que quinze ans, elle
obtint du Roi, son frère ; l'agrément d'a-
voir sa maison. Une pareille indépendance
au milieu d'une cour brillante eût pu
avoir pour elle de grands inconvéniens,
si, dans un âge aussi tendre, elle n'avoit
montré la prudence et la sagesse de l'âge
mûr. Elle disoit souvent à ses institutrices, dont elle faisoit sa société la plus
chère : « Je veux que vous me trouviez
» toujours digne de votre sourire et de
» votre approbation. » Au reste, dans
cette nouvelle carrière, il n'avoit presque rien changé à sa manière de vivre :
Les mêmes heures étoient consacrées aux
pratiques de religion, à l'étude de l'histoire,
des langues et des belles-lettres.

Tous les membres de la famille royale
avoient des maisons de campagne pour
s'y délasser des fatigues de la représen-
tation, madame Elisabeth étoit la seule
qui n'en eut pas, et quoique personne
plus qu'elle n'eût ces goûts conformes à
une vie simple et tranquille, elle ne de-

mandoit rien. Le roi apprécia son silence
et acheta pour elle la charmante maison
de Montreuil, où elle s'étoit souvent trouvée
dans son enfance. Il l'y conduisit avec
la reine, sous le prétexte d'une promenade ; et, lorsqu'elle y fut rendue, Marie-
Antoinette lui dit : « Ma sœur, vous êtes
chez vous. » C'est là que la jeune princesse passa les plus agréables momens de
sa vie, livrée aux soins champêtres, à
ceux de la bienfaisance, et s'abandonnant
aux doux sentimens qu'inspire à une
ame religieuse, l'admirable spectacle de
la nature. Combien elle aimoit surtout à
répandre ses dons sur ces hommes qu'elle
appeloit les enfans de la chaumière et
les pupilles des bons rois ! « Ce sont mes
» voisins, disoit-elle ; à la campagne il
» faut visiter son voisin, » et elle par-
couroit les cabanes en donnant toujours
la préférence aux plus pauvres.

Elle passoit toujours la plus grande
partie de la belle saison à Montreuil. Elle
s'y rendoit chaque jour de bon matin,
après avoir entendu la messe, à laquelle
elle ne manquoit jamais. La princesse
dînoit avec ses dames, et le soir, avant

de repartir pour Versailles, elle faisoit la prière avec elles.

Dès qu'elle apprenoit qu'un de *ses voisins* étoit malade, elle lui envoyoit un médecin, de l'argent, tout ce dont il pouvoit avoir besoin : elle se faisoit ensuite rendre un compte exact de sa maladie et de sa convalescence ; et quand elle lui avoit sauvé la vie, elle en remercioit le ciel. Comme si ce bienfait lui eût été accordé à elle-même.

Pour fournir à toutes ses charités, madame Elisabeth n'avoit que sa pension de tous les mois, et quelquefois sa première femme étoit obligée de lui avancer de l'argent pour subvenir à ses propres besoins. Elle se refusoit souvent des bijoux ou des objets de parure, en songeant aux besoins des malheureux. Un marchand vint un jour lui offrir un ornement de cheminée d'un goût nouveau, et qui coûtoit quatre cents francs ; il ne demandoit point d'argent comptant ; la princesse le refusa et lui dit : « avec quatre cents » francs je puis monter deux petits mé- » nages. »

Une ame aussi vertueuse ne pouvoit

que se fortifier dans ses heureuses inclinations, par la pratique de la piété chrétienne. Sa dévotion, qui n'avoit rien d'austère, ne l'empêchoit pas de se livrer à
d'innocentes distractions dont son affabilité
faisoit le charme, et qui ne laissoient après
eux aucun remords; mais bientôt à ce
temps d'innocence et de bonheur succédèrent les jours de troubles et d'orages.
Elisabeth prévit, dès la première époque
de la révolution, une grande partie des
malheurs et des crimes qui devoient en
être la suite. Elle donna d'excellens conseils qui ne furent pas suivis, et se dé-
voua enfin toute entière au sort qui mena-
çoit sa famille.

Elle étoit à sa maison de Montreuil le
5 octobre 1789, lorsqu'on lui annonça
qu'une troupe de scélérats se dirigeoit sur
Versailles; aussitôt elle y court elle-même,
vient se placer près du Roi et partager
ses dangers. Le lendemain matin, elle
parvint à sauver plusieurs gardes - du-
corps de la fureur du peuple, ou plutôt
des monstres qui en usurpoient le nom.

Témoin des atrocités commises dans
ces deux journées, elle n'en persista pas

moins dans sa résolution de demeurer près du roi et de mourir avec lui. Voici ce qu'elle écrivoit peu de jours après cet horrible événement : « Nous avons quitté » le berceau de notre enfance. Que dis- » je, quitté ! on nous en a arrachés. Vous » savez par les papiers publics les détails » de cette affreuse nuit. Je n'ai ni la force, » ni le courage de vous la décrire.... C'é- » toit principalement à ma belle-sœur qu'on » en vouloit : elle a déployé un grand carac- » tère. Si le roi avoit voulu quitter Ver- » sailles deux heures plus tôt, nous n'eus- » sions point été amenés ici. Quelle route ! » Quelles affreuses images ! Jamais, jamais » elles ne s'effaceront de ma mémoire..... » Il ne nous reste plus d'espérance qu'en » Dieu, qui n'abandonne point ceux qu'il » choisit. Mon frère est pleinement résigné » à son sort ; sa piété augmente avec ses » malheurs. Adieu, mon amie, je ne suis » pas encore remise de mon effroi. Surtout » ne cherchez point à revenir, je n'ai de » repos que pour ceux qui sont loin de cette » fournaise. »

Le 20 juin 1792, jour qui éclaira tant d'outrages vainement prodigués à Louis pour ébranler sa fermeté, et l'obliger à sanctionner un décret contre les fidèles ministres du Seigneur, Elisabeth, après avoir vainement réclamé pour le roi les secours des honnêtes gens, perça la foule pour arriver jusqu'à lui, et, le serrant dans ses bras, l'assura qu'elle ne vouloit pas lui survivre d'un instant. Un des scélérats qui les entouroient, la prenant alors pour la reine, s'écria avec furie : « Voilà l'autrichienne qu'il faut tuer. » Un des officiers de la princesse s'empressa de le désabuser en la nommant. « Pourquoi, reprit-elle, » ne pas leur laisser à croire que je suis la » reine, vous leur auriez peut-être évité un » grand crime ? » Pendant quatre heures que dura cette épouvantable scène, elle ne cessa de faire au roi un rempart de son corps et, rentra avec lui dans ses appartemens quand l'attroupement sanguinaire se fut éloigné.

Elle ne montra pas moins de courage au 10 août. Toujours à côté de son auguste et malheureux frère, elle partagea ses dangers, le suivit à l'assemblée nationale, et fut enfin conduite avec lui dans la tour du Temple d'où il ne devoit plus sortir que pour marcher à l'échafaud. 18

Tout ce que la tendresse a de plus con-
solant, la religion de plus admirable, fut
offert par la princesse à Louis, à Marie-
Antoinette, et à leurs enfans. Elle ne se
plaignit jamais, et parmi tant de douleurs,
ne sembla ressentir que celles qui frappoient
les objets de son affection. Ce fut dans
cette triste captivité que les deux belles
sœurs se connurent et s'apprécièrent bien
mieux qu'elles n'avoient pu le faire depuis
vingt ans. Si la piété d'Elisabeth, l'élevant
jusqu'à cet héroïsme qui nous apprend à tout
souffrir en vue de Dieu, inspira à la reine
une grande idée de la religion, l'héroïque
fermeté de Marie-Antoinette lui mérita,
de la part de sa belle-sœur, une admiration qui sera partagée par la postérité.

L'instant où elles apprirent qu'elles alloient être séparées du roi fut affreux pour
elles. « Encore cette épreuve, s'écria Elisa-
» beth; donnez, ô mon Dieu, à mon frère
» et à nous le courage de la supporter. »
Puis s'adressant au fidèle Cléry : « Vous
» allez, lui dit-elle, rester seul près de
» mon frère : redoublez, s'il est possible,
» de soins pour lui, ne négligez aucun
» moyen de nous faire parvenir de ses nou-

» velles. » Ce digne serviteur trouva en effet différens moyens d'établir entre le roi et sa famille une correspondance qui devint un grand adoucissement à leurs maux ; mais bientôt la tournure que prit le procès de Louis XVI répandit de nouvelles terreurs dans cette malheureuse famille dont l'existence n'étoit plus qu'une agonie prolongée.

Au milieu des images sinistres qui se présentoient sans cesse à l'esprit d'Elisabeth, la religion seule lui apportoit quelques consolations. Elle passoit la plus grande partie des nuits en prières, et ne demandoit à Dieu que la prolongation de ses maux, aussi long-temps qu'elle pourroit être utile à sa famille.

Le jour fatal où la France perdit le meilleur des rois, madame Elisabeth ne s'éloigna du crucifix que pour prodiguer ses secours à sa nièce ; une fièvre violente faisoit craindre pour les jours de cette jeune et intéressante victime du malheur ; sa mère elle-même étoit sur le point de s'abandonner à la force de ses douleurs. L'une et l'autre eussent peut-être succombé, si le Ciel n'avoit placé près d'elle l'angélique Elisabeth. Les bourreaux de Louis XVI enviè-

rent bientôt à sa malheureuse famille le seul
bonheur qu'ils lui avoient laissé : celui
d'être réunie. L'enlèvement du jeune prince
eut lieu le 3 juillet, malgré les cris déchi-
rans de sa mère, de sa sœur et de sa tante,
qui s'efforcèrent vainement d'opposer de la
résistance à une horde d'assassins.

Privées de ce royal enfant, les trois princesses croyoient avoir épuisé la rage de leurs
ennemis, et leur principale occupation étoit
de chercher à l'apercevoir par quelque cré-
neau, car il étoit dans une tour voisine de
la leur. Elles parvinrent aussi à se procurer
des nouvelles de sa situation; mais cette
fatale connoisssance ne fit qu'accroître leurs
maux; tant l'infâme convention avoit accu-
mulé de barbaries sur la tête de l'auguste
orphelin !

La reine étoit livrée depuis un mois à
toute l'horreur de cette situation, lorsque
tout-à-coup elle entend le bruit des énormes
verroux qui fermoient sa chambre. A la
lueur des flambeaux elle aperçoit les satel-
lites de Robespierre, qui faisoit alors peser
sur la France son règne de terreur. Il étoit
deux heures du matin. On éveille les princesses pour lire à la reine le décret de la

eonvention qui ordonne qu'elle soit conduite
à la conciergerie pour qu'on lui fasse son
procès. Marie-Antoinette entendit la lecture
de ce décret sans s'émouvoir et sans dire
une seule parole. Sa fille et madame Elisabeth se hâtèrent de demander à suivre la
reine, ce qui leur fut refusé. Celle-ci avant
de partir embrassa sa fille, en l'engageant
à conserver tout son courage et en lui re-
commandant d'avoir un grand soin de sa
tante et de lui obéir comme à une seconde
mère. Puis elle se jeta dans les bras de sa
sœur, lui recommanda ses enfans, et s'en
sépara pour jamais.

Pendant le procès de la reine, on fit
subir à la tante et à la nièce un horrible interrogatoire. On a peine à concevoir un
pareil tissu d'atrocités. Pour la première
fois, la fille du roi-martyr se trouva seule
devant des juges bourreaux. Pendant trois
heures, ils lui adressèrent les plus mons-
trueuses questions, et quand elle remonta dans
sa chambre, tous ses traits portoient l'em-
preinte de l'indignation. Muette de terreur,
elle se précipite dans les bras de sa tante ;
mais celle-ci lui est presqu'aussitôt arrachée
pour aller entendre les mêmes horreurs.

18 *

Toutes les infamies dont on alloit accuser la
reine envers son fils furent articulées et ré-
pétées plusieurs fois devant l'angélique Elisabeth, comme elles l'avoient été devant sa
nièce. On ne se flattoit pas sans doute d'obtenir un aveu contraire à la vérité ; mais on espéroit, en dénaturant les réponses, y trouver
quelques mots dont il fût possible d'abuser.

Lorsque les deux princesses se retrouvè-
rent ensemble, Elisabeth ne put que s'écrier
en tendant les bras à sa nièce. « O mon enfant ! » Elles demeurèrent quelques instans
dans un morne silence ; une rougeur céleste
les embellissoit de tous les attraits de la
vertu ; un sentiment, un besoin mutuel
réunit tout-à-coup leurs prières, elles tom-
bent à genoux, inondées de larmes, comme
si c'étoit à elles d'expier tout ce qu'elles
ont frémi d'écouter.

Malgré le peu de succès de leur horrible
tentative, les assassins de la reine n'en
réussirent pas moins à la faire condamner,
et depuis ce moment la captivité de sa fille
et de sa sœur devint de plus en plus dure.
On leur retira tous les adoucissemens dont
elles avoient joui jusque-là, et jusqu'à des
objets sans conséquence, mais auxquels

elles attachoient beaucoup de prix, tel qu'un chapeau de Louis XVI, un sacré cœur de Jésus, une prière pour la France et quelques morceaux de tapisserie que Marie-Antoinette avoit faits.

Trois fois le jour on venoit les fouiller, et souvent les municipaux, chargés de cette odieuse fonction, étoient ivres. On ne peut se faire une idée des injures et des grossièretés dont ils accabloient leurs victimes. Un jour trouvant quelques pièces de moins dans l'argenterie qu'ils avoient ordre de leur enlever, ils les accusèrent de les avoir volées. Plus tard l'infâme Simon prétendit qu'elles fabriquoient de faux assignats et de la fausse monnoie. Enfin il n'est point d'absurdité qui ne fût accueillie avec avidité, quand elle tendoit à aggraver leurs maux.

Jusque-là cependant Robespierre n'avoit point osé faire condamner l'auguste sœur de Louis XVI. Quelqu'altéré qu'il fût de sang, il redoutoit encore l'opinion publique qui étoit toute en faveur de cette vertueuse princesse. Il fallut avant de l'atteindre qu'il s'essayât encore sur mille autres victimes innocentes. Enfin il se crut assez fort pour tenter ce nouveau crime, et il n'hésita plus à le consommer.

Pendant ce temps, Elisabeth, toute occupée de l'éternité, passoit des heures en-
tières dans le ravissement d'une union intime
avec Dieu. Elle ne sortoit de cette sainte
méditation que pour remplir envers sa nièce
tous les devoirs que les circonstances lui
imposoient. A l'exemple journalier de la
plus stricte observation des préceptes religieux, elle joignoit habituellement des
leçons qui se gravoient d'elles-mêmes dans
le cœur de l'orpheline du temple. Elles com-
mentoient ensemble les passages consolans
de la divine Ecriture, et remercioit le ciel
d'avoir pu, dans leur adversité, conserver un
trésor auquel rien n'est comparable. Ce fut
dans cet obscur cachot, devenu le temple
des plus sublimes vertus, qu'Elisabeth composa la prière suivante qu'elle répétoit
chaque matin, et qui semble avoir été faite
pour toutes les ames affligées.

« Que m'arrivera-t-il aujourd'hui, ô
» mon Dieu! je n'en sais rien. Tout ce que
» je sais, c'est qu'il ne m'arrivera rien que
» vous n'ayez prévu, voulu, réglé et ordonné
» de toute éternité. Cela me suffit, ô mon
» Dieu! cela me suffit. J'adore vos desseins
» éternels et impénétrables; je m'y soumets

» de tout mon cœur pour l'amour de vous :
» je veux tout , j'accepte tout, et vous fais
» le sacrifice de tout ; j'unis ce sacrifice à
» celui de J.-C. mon divin Sauveur, et vous
» demande en son nom et par ses mérites
» infinis, la patience dans mes peines, et
» la plus parfaite soumission pour tout ce
» que vous voudrez ou permettrez. »

Ce sacrifice auquel elle se préparoit si
saintement , se préparoit en effet pour elle.
Le 9 mai 1794, au moment où les princesses alloient se mettre au lit, on ouvrit
les verroux extérieurs*, et l'on frappa rude-
ment à leur porte. Elles n'ouvrirent qu'a-
près s'être habillées , malgré les efforts
que l'on faisoit pour enfoncer la porte.
Obligée de sortir sur-le-champ avec ses
gardiens , Elisabeth n'eut que le temps
d'embrasser sa nièce et de l'exhorter à
ne point manquer aux dernières recom-
mandations de son père et de sa mère,
d'espérer en Dieu et de ne jamais s'é-
carter des principes de la religion. Dé-
posée pour quelques heures seulement à
la conciergerie, elle comparut le lendemain au tribunal de sang. Dans ce procès
inoui on n'opposoit ni pièces ni témoins à

la charge de l'illustre victime; on ne lui avoit pas même fait subir d'interrogatoire, et tous les débats ne consistèrent que dans les demandes suivantes : si elle n'avoit pas pansé des gardes nationaux blessés en défendant le roi au 10 août; si elle n'avoit pas eu de relations avec le fils de Louis XVI, et enfin, si elle n'étoit pas complice de cet infortuné monarque et de son épouse dans les horribles journées du 7 octobre, 20 juin et 10 août. Pour établir cette complicité, le président se contenta de lui dire :

— Où étiez-vous au 6 octobre ?

— Madame Elisabeth répondit avec douceur :

— « J'étois avec le roi et la reine. »

— « Où étiez-vous au 20 juin ? »

Elle répondit de même :

— « J'étois avec le roi et la reine. »

— Où étiez-vous au 10 août ? »

Elle répondit avec un ton plus ferme et une dignité encore plus imposante :

— « J'étois avec le roi et la reine :
» car je ne les ai jamais quittés dans ces
» grandes occasions.

Monsieur Chauveau-Lagarde, qui avoit

été le défenseur de Marie-Antoinette , fut
aussi celui de la sœur de Louis XVI ;
mais ses généreux efforts ne contribuèrent
qu'à mettre en fureur le président de ce
tribunal infâme. Sa condamnation étoit
prévue ; elle la reçut avec autant de courage que son auguste belle-sœur. Conduite
aussitôt après dans la chambre où étoient
renfermés ceux qui devoient périr avec
elle , elle les exhorta tous à la mort avec
une fermeté d'ame et une confiance en
Dieu qui leur donna à tous une force surnaturelle. Il fallut ensuite parcourir sur
la fatale charrette, une route longue et
pénible , remplie d'une foule immense, ac-
courue pour voir encore une fois cette
bonne princesse dont elle déploroit l'affreuse destinée, sans avoir l'énergie de
la soustraire aux mains de ses bourreaux.
En arrivant sur la place de la révolution,
les femmes condamnées avec elle lui de-
mandèrent la permission de l'embrasser,
ce qu'elle fit en les encourageant encore.
Au pied même de l'échafaud , et lorsqu'elle
avoit les mains liées, elle donna un
exemple admirable de pudeur, en sup-
pliant le bourreau de rattacher son fichu

dònt l'épingle étoit tombée. Tant d'innocence et de vertu sembloit irriter encore
les coupables auteurs des massacres. On fit
éprouver à cet ange un supplice mille
fois plus grand que le sien, en la ren-
dant témoin de l'exécution de vingt-quatre
personnes qui avoient été amenées avec
elle. On a même assuré qu'elle étoit toute
couverte de sang quand on l'attacha sur le
billot, où elle termina, à l'âge de trente
ans, une vie passée toute entière dans la
pratique de la religion et de toutes les vertus
qu'elle inspire.

F I N.

LILLE.—IMP. DE L. LEFORT.—1829

NOUVELLE BIBLIOTHÈQUE CATHOLIQUE.

Ouvrages pour l'année 1829.

1.er TRIMESTRE. *Janvier.*

LES HÉROS VENDÉENS 2 vol

CORRESPONDANCE DE FAMILLE sur le choix des amis et les dangers des mauvaises liaisons. 2 vol.

Ces deux volumes font la suite de l'ouvrage qui a paru, sous le même titre, dans la quatrième livraison de l'année 1828.

LE FERVENT LABOUREUR, ou modèles offerts aux habitans des campagnes. 1 vol.

2.me TRIMESTRE. *Avril.*

DES SUITES FUNESTES DES MAUVAIS LIVRES. 2 vol.

LES JEUNES HÉROS CHRÉTIENS. 2 vol.

LECTURES ET ANECDOTES CHRÉTIENNES. 1 v.

3.me TRIMESTRE. *Juillet.*

CONSEILS D'UNE MÈRE VERTUEUSE A SA FILLE. 2 vol.

EXEMPLES DE FIDÉLITÉ ET DE DÉVOUEMENT donnés par le Clergé de France pendant la révolution. 2 vol.

LE BON PÈRE DE FAMILLE, ou le moraliste du premier âge. 1 vol.

4.me TRIMESTRE. *Octobre.*

BIENFAITS DE LA RELIGION. 2 vol.

PRÉCIS DE LA VIE, de la captivité et de la mort du bon Roi Louis XVI. 2 vol.

LE MARTYR DU SECRET DE LA CONFESSION. 1 vol.